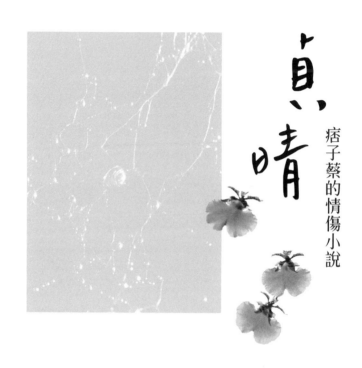

真晴

痞子蔡的情傷小說

著───── 蔡智恆

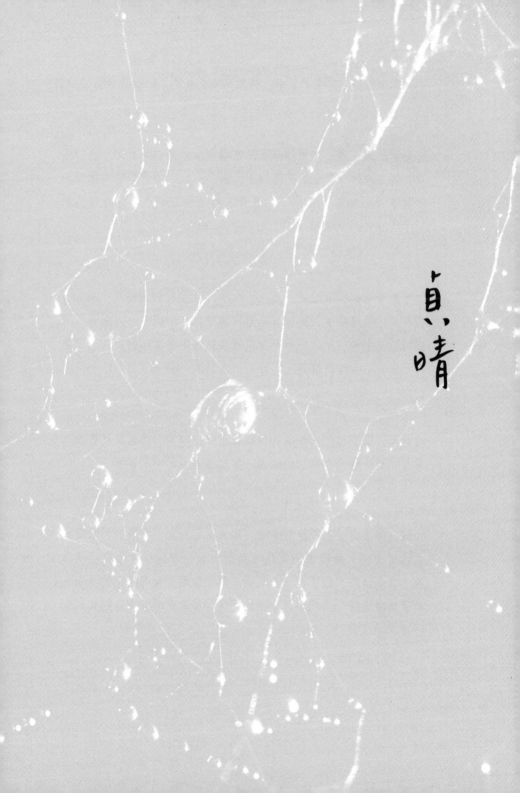

真晴

心理學上有個很有名的實驗，叫做麥格克效應（Mcgurk effect）。

這個實驗讓一高一矮兩個學生站在講台上，高的站前面，矮的隱身在後。老師一聲令下，高個子做出「ga-ga」的嘴型但不出聲，矮個子大聲發出「ba-ba」的聲音。結果所有學生都認為自己聽到了「da-da」的聲音。

如果眼睛看到的嘴型是「ga-ga」，但耳朵接收到的卻是「ba-ba」的聲音，同時接受到的視覺訊息與聽覺訊息不同時，大腦不會選擇捨棄其中一個訊息，而是會想辦法把這兩種互相衝突的訊息整合，以做出合理的解釋。因此我們就聽到「da-da」。

這就是大腦合理化的結果，大腦採用妥協政策，然後經過整合，最後得到一個「合理」的答案。但那個答案卻不是事實。

大腦沒辦法接受不合理的事情，因為「不合理」代表自己跟這件事情有衝突。而發生衝突時，大腦的前扣帶迴也會釋放疼痛訊號，這是情緒上的痛苦，是意識中的痛覺而不是身體上的疼痛。為了減緩情緒、情感和認知上的痛苦，於是大腦就會合理化遇到的事。

大腦時時刻刻都在將自己的行為合理化，以說服自己是聰明的、做的選擇是最好的。這種合理化的需求也會改變記憶，明明是你對不起她，幾年後就會變成她對不起你。大腦會替你的錯誤行為找藉口，也會扭曲別人的行為，甚至最後可能變成所有的善都是你，惡都是她。

心理防禦機制也有類似自我欺騙的性質，藉由歪曲知覺、記憶、動機及思維，以防禦自己免於焦慮和痛苦。簡單來說，就是一種心理上的自我保護法，保護自己不受傷害。

所以你確定你的記憶是真的嗎？你確定你對她的認知和感覺是正確的嗎？

🕷

時序剛過中秋，庭院裡兩組烤肉架下的炭火正盛，夜風卻透著涼意。

這裡是林涵貞的家，矮牆圍成的寬敞庭院很適合烤肉聊天。
以前的老同事每年一次聚在這裡烤肉，日子則不一定。
同事間的情誼不錯，即使後來好幾個人陸續離開那間公司，
也依然維繫著這種聚會。
每年在林涵貞的盛情邀約下，總會有八九個人到。
到今天為止，應該十年了吧。

這十年來我每次必到，是除了林涵貞外的全勤者。
倒不是我最熱情，而是找不到不來的理由。
在那間公司工作時，她是我同事，也是我女友，當然要到；
離開公司一年後，她成了前女友，但說好還是要維持朋友關係，
所以不來反而怪。

不管是女友時期還是前女友時期，我和她互動的樣子都差不多。
她是熱情好客的主人，而且公平對待每一個客人。

比方現在庭院裡大約十個人，圍著兩組烤肉架，三三兩兩坐著聊天。
而她在過去的半個鐘頭裡，移動的軌跡剛好可以順時針繞成一個圓。

這種聚會總是會喝點酒，其他人每次都帶來不同種類的酒。
最後通常有一兩個人會醉，不過我從沒醉過。
不是因為我酒量好，而是我喝得比較少。
涵貞常說想看我喝醉的樣子，但很遺憾總是讓她失望。

「嗶剝」一聲，有顆牡蠣開了。
涵貞拿夾子夾起那顆牡蠣放在我面前，順勢坐在我身旁。
『謝謝。』我說。
「說什麼謝呢。」她拍了一下我肩膀，「小心不要讓汁灑出來。」

剛烤好的牡蠣很燙，又要避免殼內蚵汁漏出，我小心翼翼剝開外殼。
但再怎麼小心還是灑了一半，我喝完剩下的蚵汁，再吃下蚵肉。
略微生了點，但可以接受這種鮮。

「你老是笨手笨腳。」她指著我褲子被蚵汁濺到的地方。
我低頭看了看，卡其色褲子有兩三處污漬。
她馬上去拿了條乾淨的濕布，擦拭我褲子上的污漬。
「等一下我幫你剝。」她邊擦邊說。
我有點尷尬，勉強笑了笑。

「這雙鞋怎麼還在穿？」她低頭看著我的鞋。

這雙鞋已經穿了十年多，原本棕色的鞋現在看起來是髒髒的土黃。

兩年前鞋底破了，但不知道為什麼我卻捨不得丟？

反而去鞋店黏個新鞋底就繼續穿。

『只要沒壞就能穿。』我說，『而且這雙鞋不用綁鞋帶，很方便。』

她看了我一眼，沒再說話。

我注視著炭火上的牡蠣，等待下一聲嗶剝。

有的牡蠣比較熱情，炭火追求沒多久，便張開雙臂；

有的牡蠣很自閉，即使炭火再熱、烤的時間再久，依然緊閉著外殼。

直到炭火滅了，硬撬開堅硬的外殼後，只見焦黑的蚵肉。

我想我屬於後者，涵貞是前者。

一直到現在，還是很納悶我和涵貞怎麼會成為一對？

就像漢堡和小籠包，很難將這兩者聯想在一起或搭配在一起。

我沒有猛烈追求過她的記憶，她也不是倒貼我。

整段從陌生到成為男女朋友的過程沒太多印象，好像只是水到渠成。

我想可能是近水樓台的緣故，同事之間日久生情，

最後不小心擦槍走火而成為男女朋友吧。

然而時間點很清楚。

十年前的 2 月，我進入那間公司時認識她，9 月成為男女朋友。
我在公司待了四年後離職，離職後一年我和她分手。
算了算，分手至今差不多五年半。

每當想起我和她曾是男女朋友這件事，總有陌生的不存在感。
這並不意味我和她的交往過程太平淡，相反的，火花還不少。
各種甜蜜歡笑或爭執衝突的記憶應該還在，卻莫名的陌生。
好像我坐在觀眾席裡，看著舞台上我和她相處的點滴。
但我明明是當事者，怎麼會變成旁觀者呢？
舞台上的我和觀眾席的我，到底哪一個才是真正的我？

又一聲嗶剎，涵貞又夾了顆牡蠣放在我面前。
這次她幫我剎開牡蠣外殼，過程中她似乎燙了手，驚呼一聲。
但還是繼續謹慎剎開，然後把那片盛了蚵汁和蚵肉的牡蠣殼遞給我。
「再說謝謝我就揍你。」她說。
『妳好厲害。』我小心接下，『沒灑半滴。』
仰頭喝完蚵汁再吃下蚵肉，這顆的口感還是生了點。

她拿夾子逐顆檢視烤肉架上的牡蠣，如果殼開了便夾起放在盤子上。
約莫等半分鐘左右，再用手拿起盤中的牡蠣，剎開外殼。
有蚵肉的那片殼緩緩遞給我，另一片殼丟進垃圾袋。
整個過程的動作都非常小心翼翼，彷彿在拆解裝了生化武器的核彈，
生怕稍有不慎，漏出一滴液體就會立刻造成數萬人死亡。

我連續吃了好幾顆烤牡蠣，口感依然偏生。

她又從籃子裡夾起牡蠣，一顆顆放在烤肉架上，仔細排好。
這些牡蠣排得非常整齊，像排列整齊的軍人正要去閱兵。
涵貞那些精雕細琢的動作，對照她的個性，總會形成極大的反差。

『手燙傷了嗎？』我問。
「還好。」她說。
她把右手拇指靠近嘴邊，輕輕吹口氣，微微一笑。

涵貞是個大剌剌的女孩，熱情大方、開朗爽直。
她好強、愛面子，個性很倔，脾氣也不好，有時會暴衝。
如果跟她爭吵一定要先踩煞車，不然衝突會一路往上飆。
這並不表示她是俗稱男人婆的那種女孩，事實上她很有女人味。
她或許看起來粗枝大葉，甚至有些迷糊，但其實她很溫柔細膩。

當你以為她固執暴躁不顧他人感受時，她又會貼心撫慰你的心靈；
當她在人群中放聲談笑時，通常只需一瞥，
便能察覺隱藏在人群中，你的細微心情。
她好像能夠同時擁有兩種互相矛盾的特質，一種顯性、另一種隱性。
例如大家都說她豪放，我卻覺得她拘謹。豪放是顯性，拘謹是隱性。
又例如你可以說她潑辣，但她同時也愛哭、膽小。

潑辣是顯性，愛哭膽小則是隱性。

剛進那間公司時，我和她並沒有多少交集。
直到有次開會，會後她逐一檢視在場男同事的手掌，說要看手相。
輪到我時，我二話不說直接攤開手掌。

「嗯……」她煞有介事端詳了半天，「你很花心。」
『就這樣？』
「你不信嗎？你看你的感情線歪七扭八，而且還有很多支線。」
『一般人都這樣吧？』
「你看我的。」她攤開手掌讓我看。
她手掌的感情線又直又深，而且幾乎沒有其他細小的紋路。

「這表示我很專情又痴情。」她很得意。
『搞不好這只代表妳是愛情白痴而已。』
「真的嗎？」她嚇了一跳，「你怎麼看出來？」
『我隨口說說而已。』
「說說看嘛，為什麼是愛情白痴？」她似乎急了。
『會看手相的人是妳，不是我吧？』
她愣了愣後乾笑兩聲，伸手拍了一下我肩膀。

「中午一起吃飯。」她說完就轉身走了。

咦？一般不是應該先用疑問句：中午要一起吃飯嗎？

雖說我們是同事，但畢竟不同部門而且也不熟，交談只限於打招呼。

她剛剛拍了我肩膀，以及說出一起吃飯，似乎都很自然而且直接。

從此上班的日子我們每天中午都一起吃飯，但不是只有我和她，
通常還會有好幾個同事。

大家吃午飯時總是聊聊八卦或是抱怨主管，她常是主導話題的人。

她很健談，講話也有趣，有她在的場合氣氛都很好，不會乾。

她常會隨機點個人說笑，不會讓在場的任何人有被晾在一旁的感覺。

我的話不多，但她點到我時，我還是會侃侃而談。

可能是因為這種午餐聚會，我跟她才會越來越熟稔。

「喂，花心男。」她叫住吃完午飯準備離去的我，「你以前都會把
　飯盒吃光光，但今天怎麼沒吃綠色花椰菜？」

她觀察力太敏銳了吧，剛剛大家圍繞方桌一起吃飯盒時，
我跟她之間還有兩個同事耶，而且那綠色花椰菜也才一小根。

『喔。』我想了一下，『可能今天胃口比較不好吧。』

「有差那一口嗎？」她用叮嚀的口吻，「綠色花椰菜對身體很好，
　要多吃，不可以挑食。」

『好。』

有時吃完午餐準備要繼續上班前，我還會找她說說話。

『會痛嗎？』我問。

「什麼？」她很納悶。

『當妳從天上掉落凡間的時候。』

她愣了愣後便笑了起來，笑容很燦爛。

「這麼會甜言蜜語。」她拍拍我肩膀，「你果然花心。」

那個吃完午餐後的短暫空檔，是每天的黃金時段。

或許是那陣子我剛跟前一任女朋友分手因而心情低落，

但能跟她說說話，聽聽她的爽朗笑聲，看看她的燦爛笑臉，

心情就會大好。

「蚵仔好吃嗎？」涵貞看著烤肉架上的牡蠣。

『嗯。』我點點頭。

「你盡量吃。」她說，「我買了 20 斤牡蠣。」

『太多了吧？』我很驚訝。

「不會啦。」她笑了起來，「讓你吃個夠。」

夜色下她的笑臉依然燦爛，我看了一眼，視線卻緩緩轉開。

「要知道你喜歡吃什麼真的很難。」她說。

『嗯？』

「十年前第一次邀你來烤肉時，問你烤肉時愛吃什麼？問了好幾次，
　　你只會回答：什麼都好之類的屁話。直到逼你一定要講一個答案，

你才說蚵仔。」她說,「所以從此我每次都會買牡蠣來烤。」
這個我沒什麼記憶,但確實每次在這裡烤肉時都有牡蠣。

「有次吃鹹酥雞時,也是問了半天你特別愛吃什麼?你才說出米血。
　所以我每次烤肉也有準備米血。」她說,「待會烤給你吃。」
這個我也沒記憶,但確實每次也都有烤米血可以吃。

「除了蚵仔和米血,你還喜歡吃什麼?」她問。
『什麼都好。』
「又是屁話。」
我沒變,她也沒變,偶而會說出不太適合氣質女孩的話語。

「到底……」她似乎自言自語,「愛吃什麼?」
『妳在問我嗎?』
「沒事。」她笑了笑,拿夾子撥了撥炭火。

其實我到底喜歡吃什麼?根本一點也不重要。
跟她是男女朋友的那段日子,每次跟她一起吃飯,我都是由她決定。
她想吃什麼,我就吃什麼,二話不說。
但她每次還是都會先問:「你想吃什麼?」
『妳想吃什麼就什麼。』我一定這樣回答。
每次每次,一直到分手,都沒例外。

要去哪玩或要做什麼，也是她決定。

晚上去哪？她說看電影，那就看電影。

看哪部電影、去哪間戲院、要不要買爆米花進場、爆米花什麼口味、

飲料要可樂或雪碧、大杯或小杯……

都是她說什麼就什麼。

但我相信如果她說可樂我說雪碧，她一定馬上改成雪碧。

『妳喜歡就好。』是我最常對她說的話。

而且我不是嘴巴說說，一直都是這個原則，從沒改變。

她常說我很寵她、對她超好，就是因為這樣。

但說也奇怪，每當她這麼說時，我心頭總會湧上一股沒來由的心虛。

剛與她成為男女朋友的一年半內，我們幾乎沒發生爭執。

工作時的相處、放假時出去玩，大小事我都順著她。

即使她突然有調皮的念頭，我都會附和，而且付諸行動。

比方她曾提議蹺班，因為她想看大海，想跟海說說話。

於是我們在午休時間離開公司去海邊，讓她站在沙灘上朝海大喊。

我們在下班前悄悄溜回公司，但還是被發現了，挨了頓罵。

她很喜歡海，我們偶而一下班就跑去海邊坐在沙灘上看夕陽。

她會輕輕打開裝耳機的盒子，很溫柔的把耳機線慢慢展開，

然後把耳機的一端塞進她右耳，另一端她會輕輕塞進我左耳。
我牽著她的手，靜靜坐在沙灘上看夕陽，一起聽她手機裡的歌曲。
我們幾乎都不說話，只聽到隱約的海浪聲和耳畔響起的歌聲。
時間慢慢流逝，直到天黑我們才起身準備回去。

把耳機線收進盒子裡時，她會輕輕纏繞，一圈又一圈，緩慢而規律。
直到耳機安穩地躺在盒子裡像是從沒被動過一樣。
她拿出耳機和收回耳機時，所有的動作都很溫柔細心又輕巧。
我喜歡看她手指輕盈靈活的動作，好像手指正在跳芭蕾舞。
平時大刺刺的她，此刻卻纖細無比，我很喜歡這種反差。

有次我們並肩坐在沙灘上看夕陽聽音樂時，耳畔傳來：
「咳咳。花心男，我好喜歡你。很想跟你就這麼坐著，一直到老。」
原來是她預先錄了這段話做成聲音檔，然後從耳機播放出來。
我轉頭看著她，她的臉突然漲紅，我微微一笑。
「欠揍嗎？」她摘下右耳的耳機頭大聲說，「不可以笑我！」
這也是種反差。

我收起笑容，轉身面對她，然後伸出雙手環抱著她。
她在我懷裡伸出手，把塞在我左耳的耳機頭輕輕取下。
我們就這麼相擁著，靜靜聽著海浪聲，直到天黑。

她第一次幫我慶生時，我們一下班便買個蛋糕，然後開車直奔墾丁。

在四下無人漆黑的海邊，她大聲唱著生日快樂歌。

她餵我吃蛋糕，還笑說：今晚您是皇上，請容許臣妾餵您。

我們並肩躺在沙灘上，看著滿天星斗，聊了一夜。

偶而她會翻身在我耳邊輕聲細語，還要我閉上眼睛仔細聆聽。

她說些什麼我忘了，只記得她吐氣如蘭，我彷彿躺在天堂的白雲上。

天還沒亮我們再開車殺回公司上班，一整天工作時都是昏昏沉沉。

我至今仍對那晚星光下她的燦爛笑臉印象深刻。

我喜歡摟她入懷，用鼻尖輕觸她的鼻尖，給她一個愛斯基摩之吻。

她總是會露出微笑，這時她的雙眼和笑容特別迷人。

「我是愛情白痴，你不可以騙我。」她說。

『如果我騙妳呢？』我說，『妳會打我嗎？』

「不會。」她搖搖頭，「我會自認倒楣，躲起來哭。」

顯性的她也許會抓狂，然後興師問罪；但隱性的她，只會偷偷哭泣。

我又給了她一個愛斯基摩之吻，她又笑了起來。

看著她那極具魅力的笑臉，我常會進入一種不真實的恍惚狀態。

我常想為什麼她有那麼多互相矛盾的顯性和隱性特質？

又為什麼並不敏銳的我，總能挖掘出她那躲在顯性背後的隱性特質？

涵貞在烤肉架上放了一塊米血，就一根竹籤串著長方形的東西。

她靜靜烤著，翻了兩次面、刷了兩下烤肉醬。

「好了。」她握著竹籤遞給我。

我點了點頭，順手接過。

咬了一口，是豬血做成的米血，味道還可以。

「好吃嗎？」她問。

『嗯。』我點點頭。

「要不要再烤熟一點？」

『不用。』我說，『這樣剛好。』

如果是這種米血，要烤多久對我而言沒差。

有同事分別遞給我和她一罐啤酒，打開拉環，我們各喝了一口。

「你都只喝一小口。」她說。

我微微一笑，心想是妳喝太大口了吧，但沒說出口。

「你這樣要喝到什麼時候才能醉。」她說。

『為什麼妳老是想看我喝醉？』我問。

「我想看看你喝醉後，話會不會比較多。」

她說完後露出微笑，但沒有勸酒或逼酒的意思。

我並不是很沉默寡言的那種人，只是跟她在一起時不主動表達想法。

她有想法或意見，我會贊同或附和，即使那些想法很古怪。

交往一年半內我偶而會闡述我的想法甚至反駁她，之後便沒了。

勉強形容的話，在交往一年半之後，我像鸚鵡。

她住家裡，跟父母還有兩個妹妹住在一起。
我以男朋友身分去過她家幾次，也跟她妹妹們算熟。
她很重視家人，跟家人的感情非常好，連結也很緊密。
但她除了家人外，也很重視朋友，人緣又超好。
她有小學、國中、高中、大學等同學，還有同事，
又有因緣際會而結識的各式各樣朋友群。

我和她是同事，又住在同一座城市，應該隨時隨地都可以相聚。
交往一年半內也確實如此。
但一年半後，獨處的機會卻急遽減少。
通常都是因為她有家人或朋友的活動而無法與我獨處。
比方禮拜天跟朋友爬山或是跟我去郊外走走，她會選擇朋友。
她的回答總是：因為是男女朋友，所以來日方長。
這些我都知道，也能理解，但總不能十次中，十次都選擇朋友吧？

那麼下班後去海邊坐在沙灘上看夕陽呢？
「這樣回家就太晚了。」她說，「我家人已經在吃晚餐了。」
『那妳就別在家裡吃晚餐。』我說，『我們兩個人在外面吃。』
「不要。」她搖搖頭，「這樣對我家人很不好意思。」

只要我邀約，每次都被打槍，沒有例外。

被打槍的次數多了，我忍不住說：『這次應該陪我了吧？』

她聽到時臉色會變，然後口氣變凶：「為什麼我不能跟朋友去玩？」

我一再解釋，我說的是「程度」的概念，不是 Yes 或 No。

意思是大多數的情況可以跟朋友相約，只要少數或偶而跟我一起。

但她的回答總是極端：「是不是都不要陪朋友或家人，只能陪你？」

『我沒有這個意思……』

「乾脆我每天都陪你，這樣可以嗎？」她加重語氣，「可以嗎？」

她已經動怒，我如果再講出任何話語，都是往火上加的油。

一旦陷入這種衝突，都是不歡而散，很僵的氣氛會持續好幾天。

我要再三道歉，也必須花很多時間和心力去化解，才能回復正常。

跟她在一起後的第二個生日剛好是假日，我問她能不能一起慶祝？

她說她和妹妹們要在家裡幫我慶生。

我說可不可以只跟她一起慶生？

「妹妹們要幫你慶生，那是她們的好意。」她臉色又變了。

我趕緊解釋說我知道，也很感謝，但如果能只跟她慶生會更好。

如果不行，那可不可以慶生後留一些時間讓我們兩人獨處？

「妹妹們很高興要幫你慶生，你如果嫌棄就不要慶生了。」她說。

結果這年的生日，我是在手機收到訊息：生日快樂。

從此我就成了鸚鵡，不管她說什麼，我都說好。

「明晚要跟幾個大學同學聚餐。」『好。』（雖然那晚是耶誕夜）
「星期六要跟家人出去玩。」『好。』（雖然那天是西洋情人節）
「後天跟朋友約好去台北。」『好。』（雖然那天是七夕情人節）
我相信如果她說要跟朋友去北極冰山裸奔，我也會說：好。

之後每年的生日，都是只在手機收到生日快樂訊息，直到分手為止。
我也很配合用手機回覆訊息：謝謝，我很開心。
我是隻訓練有素的鸚鵡。

總之在一年半之後，我和她相處的時間和空間，絕大部分都在公司。
她的分際很清楚，只要在公司，我和她就只是同事，不會特別親密。
甚至仔細比較的話，她可能跟其他同事更親密。
如果我是個愛吃醋的人，可能得常吃幾個男同事的醋。
處在這種同事關係的時空中久了，常常會令我錯亂。
我和她真的是男女朋友？還是其實只是熟一點的同事？

每個人的心，被愛情、親情、友情、事業、財富、名聲、權勢等等
七情六欲所占據。
也許一般人的愛情，平均占內心的 30%，重感情的人可能有 50%。
而涵貞，我想愛情應該只占她內心的 10%。
最多 10%，不會再多了。

涵貞繼續烤第二支米血，烤完又遞給我。

我吃完這支米血時，發現她已喝完那罐啤酒，然後又開了一罐。

而我手中的啤酒還剩一半。

她瞄了我一眼，我的鸚鵡本能讓我馬上喝一大口啤酒。

「我一直很想問你，你哪來的勇氣？」她問。

『嗯？』

「就你第一次來這裡烤肉時……」

『怎麼了嗎？』

「你哪來的勇氣吻我？」她轉頭看我。

我愣住了，說不出話來。

「說呀。」

『可能是因為我那時剛分手，妳又對我很好……』我有點吞吞吐吐。

「亂講。」她說，「你那時還沒分手。」

『啊？』我嚇了一大跳，『真的嗎？』

「嗯。」她點點頭，「你到底哪來的勇氣吻我？」

我又說不出話來。

在我的記憶裡，確實是因為剛分手，可能內心比較脆弱，

面對美麗又待我很好的她，一時情不自禁。

「當時你說我像鄔瑪舒曼……」她問,「是因為這樣嗎?」

聽到「鄔瑪舒曼」這個關鍵字,腦中靈光一閃。

我記起來了。

那時我和涵貞走出庭院,走到附近的小公園,深夜裡沒有人影。

我們聊了很多,聊到她說她的五官中她最討厭鼻子。

她說鼻子太大了,我說不會啊,很有鄔瑪舒曼的感覺。

我一直很迷鄔瑪舒曼,雖然鄔瑪舒曼的鼻子不算美,甚至有些大,

卻讓整個五官有股冷豔的感覺。

十年前那晚,涵貞微仰起臉,讓我細看她是否真像鄔瑪舒曼?

昏暗夜色中,她的雙眼卻明亮無比。

我注視她許久,越看越覺得很像鄔瑪舒曼,意亂情迷之下,

把她摟進懷裡,低頭吻了她。

我一直記得吻她時的甜蜜感覺和擂鼓似的心跳。

因為這一吻,我們成了男女朋友。

原來是因為她像鄔瑪舒曼,而不是因為我剛分手。

在涵貞之前,我有個女朋友,叫李晴蘭。

李晴蘭應該很常穿黃色衣服,以致於如果回想起她時,

腦海裡常莫名其妙浮現一朵黃花。

不過關於李晴蘭的記憶已經很模糊了,而且幾乎是破碎又零散。

我只確定十年前分手,分手後一個多月,我才跟涵貞成為男女朋友。

可是涵貞剛說我吻她時還沒跟李晴蘭分手？

涵貞記錯了吧？

我好像大二、大三或是大四認識李晴蘭？

跟她好像交往四五年、五六年還是六七年？

開始模糊、過程模糊，連結束也模糊。

甚至我開口念出李晴蘭這三個字，竟然有好像沒這個人的錯覺。

李晴蘭幾乎陌生到從沒出現在我的生命中。

在模糊的記憶中相對比較鮮明的，都是不愉快的記憶。

比方我記得因為工作的關係，我和李晴蘭得分隔兩地。

這讓已經習慣待在同一座城市的我們依依不捨。

「我會為你把頭髮留長，讓你可以看到長髮女孩。」分別前夕她說。

她一直是短髮女孩，跟她交往時我曾無心說出我喜歡長髮女孩，

沒想到她一直記著。

一段時間過後我們再見面，她的頭髮竟然比以前更短。

我心想或許她忘了，又或許她想暗示什麼？

分隔兩地的不安，加上她這種「暗示」，我覺得應該不妙了。

之後勉強維繫幾個月，我們之間就無疾而終了。

那年 8 月，七夕情人節當天，李晴蘭突然請了假坐車到我公司。

「我們以後不要再見面了。」一見到我，她就說。

然後她頭也不回轉身就走，留下錯愕的我。

我只記得這個分手的時間點，但為什麼會這樣我竟然忘了。

而跟李晴蘭分手痛嗎？

不知道，我竟然沒有因為這段而痛苦過的記憶。

涵貞拿起烤肉網，往烤肉架裡加了幾塊木炭，再把烤肉網放上。

「還沒想出答案嗎？」她說。

我回過神，愣愣地看著她。

「真的只是因為我像鄔瑪舒曼你才吻我？」她問。

『在我眼裡，鄔瑪舒曼很美……』我一口喝完剩下的啤酒。

說也奇怪，現在看她還真有鄔瑪舒曼的神韻，

然而我對「她像鄔瑪舒曼」這個想法幾乎沒記憶。

要不是她的提醒，我可能已經忘了我曾說過她像鄔瑪舒曼。

我不禁懷疑，會不會我第一次看見涵貞時就覺得她像鄔瑪舒曼？

我又看了她一眼，越看越像鄔瑪舒曼，但視線卻莫名其妙轉開。

彷彿潛意識裡很怕讓我覺得她像鄔瑪舒曼。

『……所以當時覺得妳很美。』我接下她遞過來一罐新的啤酒，

『因為是深夜而且四下無人，可能一時衝動又情不自禁才……』

我拉開拉環，喝了一口啤酒。

『我應該道歉嗎？』我說。

「要。」她說。

『喔？』我愣了愣。

「你只有當時覺得我很美嗎？」

『當然不是，抱歉。』我恍然大悟，『妳一直都很美，不管像不像
　鄔瑪舒曼。』

她笑得燦爛，這種笑顏更容易聯結鄔瑪舒曼，我視線又稍微移開。

「我以為你可能覺得我很開放，甚至覺得我很隨便，所以才吻……」

『別亂說。』我打斷她，『別人可能認為妳豪放，但我認為妳拘謹，
　而且矜持。』

「嗯。」她微微一笑，「一直以來只有你最懂我。」

我想否認，但沒開口。

「如果我長得像鄔瑪舒曼，會給人什麼感覺呢？」她似乎自言自語。

『冷豔。』我說。

「大家都說我熱情，只有你會用冷這個字來形容我。」她笑了起來。

『妳同時擁有熱情與冷酷這兩種互相矛盾的特質。』我說，『只不過
　熱情是顯性，冷酷是隱性。一般人通常會感受到妳的顯性特質。』

「既然你覺得我冷，那時還敢吻我？」她笑了起來，作勢拿把刀，
「難道你不怕變成電影《追殺比爾》中的比爾嗎？」
『那時不懂事。』我也笑了笑，『要是現在就會怕了。』

我笑容剛停，腦中突然湧上一段驚慌的記憶。
那時吻了她後，瞬間有慘了、完蛋了的驚慌，甚至是恐懼。
咦？我明明是驚慌啊，但為什麼一直有甜蜜感覺的記憶？
而且為什麼我吻了涵貞後竟然會感到驚慌？

「這輩子只有你最懂我了。」她喝了一大口啤酒後，說。
我沒接話，也不敢看著她，拿起啤酒罐仰頭也喝了一大口。
最懂妳又如何？我們還是很輕易就分手了。

從初吻開始，我和涵貞當了四年半男女朋友。
前面三年半在同一間公司當同事，剩下那一年我離職，她還待著。
雖然這段感情有四年半，但最後那一年，
卻像籃球比賽的垃圾時間一樣，幾乎毫無意義。

其實離職應該不是重點，只代表不再是同事而已。
我和涵貞都在同一座城市，也還是男女朋友。
然而當同事有個好處，就是如果鬧不愉快，她不想理我時，
我還是可以在公司裡找機會化解，而且還有其他同事當緩衝。

可是如果不當同事呢？

離職後那一年，我們都是靠手機互通訊息。

剛開始她偶而會打我手機，聊聊生活近況，也抱怨工作中的不如意。

「我也想換工作。」她在手機中問，「你覺得好嗎？」

『換也好、不換也好。』我回答，『妳喜歡就好。』

「我想聽你的意見。」

我是鸚鵡，只會附和，不會有意見。

即使有，如果我表達的過程讓她誤解，那我是自討苦吃；

如果順利表達完整，那麼我建議A，她通常就會選B。

這些過往的經驗教訓讓我不敢開口，選擇當隻安全的鸚鵡。

因此我來來去去就那一句：『妳喜歡就好。』

「我知道了。」她最後說，然後掛斷手機。

我也知道了。我知道她不高興了。

之後她就隔比較長的時間再跟我聯絡，而且只用 Line 傳訊息。

她也不聊工作了，簡單跟我互傳個幾句就結束。

雖然很想主動約她碰面，但我早已當慣了鸚鵡，完全不敢有作為。

這一年的時間裡，我只跟她碰過一次面，就是那年的烤肉聚會。

她依然如大家眼中的她：熱情開朗，聚會的氣氛一如往常熱烈。

而她跟我的互動也沒比較熱絡或冷淡，與她跟別人的互動一樣。

離職滿一年那天清晨，我剛起床就看到她傳來的 Line。

有好幾頁，手指得滑好幾下才看得完。

而在這之前，她大概兩個月沒傳 Line 了。

她說她想了一整夜，才終於打出這些文字。

整篇洋洋灑灑的文字，我只記得一段：

「我們就此分手吧。但分手後還是朋友，以後每年的烤肉聚會你一定
　還要來哦，可以嗎？」

『可以。』我只回傳這句，這是當鸚鵡的本能反應。

我以為我跟她早已心知肚明，我們之間應該結束了。

畢竟在同一座城市的男女朋友搞得這麼清淡，其實已經盡在不言中。

不過她好強、愛面子，她得先說分手，才能讓人覺得是她先不要的。

也許是因為最後那一年垃圾時間的消磨，磨去了許多痛苦和難過；

因此我對於分手沒什麼感覺，也不覺得痛，頂多有些感慨而已。

對於剛結束四年半的戀情這件事而言，我很驚訝我的反應如此淡然。

分手至今五年半了，感覺始終淡然。

這世界很不公平，有些情侶要分開，需要很大的外力，

沒被硬扯開，就自然繼續在一起；

但有些情侶卻是需要很大的力量才能在一起，

沒用力在一起，就會自然分開。

我和涵貞屬於後者。

有些情侶分手是因為做了什麼，但有些情侶分手卻是因為沒做什麼。
我和涵貞還是屬於後者。

🕸

現場一陣小騷動，原來是有同事帶來兩瓶金門高粱，正準備開喝。
已經喝不少啤酒了，又加上這 58 度高粱，這麼混酒喝很容易醉耶。
大家互相舉杯致意，雖然是一小杯烈酒，但涵貞還是乾了。
我喝了一口，大概就四分之一杯。
「喂。」涵貞瞄著我的酒杯，「乾了。」
我只好再一口喝掉剩下的四分之三，有點嗆辣。

『妳喝酒慢一點，不然容易醉。』我趕緊再補充，『不是要妳不喝，
　只是希望妳慢慢喝。』
「你每次勸我，都超級小心翼翼。」她兩眼盯著我，然後笑了起來，
「你好像很怕說錯話惹我生氣，你一定吃了不少苦頭吧。」
『算是吧。』我苦笑。

「辛苦你了。」她舉杯，「來，這杯我敬你。」
『隨意就好。』我也舉杯，『妳別乾杯。』
我說錯話了，要她別乾杯她就會乾杯。

我只好也乾杯，陪她又喝了一杯高粱。

「其實我一直很懷念那晚你吻我的情景。」她說。
我愣了愣，心想她喝醉了嗎？
「我也很好奇，那時為什麼沒有推開你？」她又說。
『為什麼？』
「應該是那時的我，就已經很喜歡很喜歡你了。」
很喜歡說了兩次，她會不會醉了？

「我們完蛋了。」她輕輕嘆口氣。
『嗯？』
「你忘了嗎？」她說，「那時你吻了我，我就說出這句話。」
我之前真的忘了，但現在突然想起她說這句話時夢囈似的呢喃。

「我那時心想：怎麼辦？你有女朋友，我們怎麼可以這樣？」
『我那時分手了啊。』
「你真的很盧！」她大聲說，「我剛剛就說了，你那時還沒分手！」

我大吃一驚。
十年前的 2 月我進那間公司，8 月與李晴蘭分手，
9 月第一次來這裡烤肉時吻了涵貞因而成為男女朋友。
我分手了才吻涵貞啊，怎麼會還沒分手？

『那年 8 月我就分手了，而 9 月才來這裡烤肉⋯⋯』

「你傻了嗎？」她打斷我，「烤肉是 6 月的事，在端午節左右。」

『端午節嗎？』我張大嘴巴，久久不能合上。

「廢話。我媽那時還包了一串素粽給你，要你帶回去給你父母吃，
　因為聽說你父母都吃素。」

『這⋯⋯』

「後來你父母大讚粽子好吃，還問為什麼粽子那麼香？」她說，
　「我跟我媽問了答案後，就告訴你：因為加了香椿。」

一聽到「香椿」，腦中響了聲雷，我想起來了。

我確實是在那年 6 月來這裡烤肉，包了香椿的素粽我也吃了一顆。

那顆素粽真的很香，原本不習慣吃素的我，也覺得超好吃。

那⋯⋯那⋯⋯

那麼我吻涵貞時，晴蘭還是我女朋友啊！

晴蘭、晴蘭，這個我早已呼喚過千萬次的名字。

現在念出這名字，完全是熟悉而且自然。

這名字並不模糊，而是紮實地存在於我的生命中。

原來記錯的人是我，我竟然記錯了最關鍵的時間點。

這個錯誤時間點的記憶，本來像是腦中被構築的一堵高牆，

牆內似乎有很重要的記憶需要保護。

如今這堵高牆突然被推倒，牆內許多記憶紛紛竄出。

正確的記憶回來了，而且伴隨一股強烈的疼痛感。

當時吻了涵貞後，我感到一陣驚慌同時還有內疚，那晴蘭怎麼辦？

我竟然做了對不起晴蘭的事。

而晴蘭最後那句：「我們以後不要再見面了」，也深深刺痛了我。

因為我終於想起她那時傷心欲絕的眼神。

跟晴蘭分手痛嗎？

當然痛，怎麼可能不痛？而且是痛徹心扉。

「你還好嗎？」涵貞問。

『還好。』勉強說完後，我發覺臉部肌肉有些緊繃。

「對不起。」她說，「讓你想起痛苦的往事。」

『那都過去了。』我擠了個微笑。

「告訴你一個祕密。」她說，「那晚你吻我後，我哭了一夜。」

『為什麼？』

「因為我相信你一定很痛苦。」

我看著她，她露出很少見的憂傷神色。

涵貞一直很有正義感，愛打抱不平，有古代的俠女風範。

以前在公司時，遇到不公不義的事，她甚至會拍桌怒嗆主管。

這樣的她，發覺自己成為別人感情的第三者，應該很痛苦吧。

而痛苦的她，竟然只惦記擔憂我的痛苦。

「我是愛情白痴。」她說，「我從沒想過會成為第三者，我不知道
　　該怎麼辦，只知道我很喜歡你。」
『這不是妳的問題，是我造成的。』
「如果我當時推開你，你又能造成什麼？」
我一時語塞，答不出話。

「開始跟你交往時，我一直被罪惡感煎熬。那時很希望你趕快跟別人
　　分手，雖然這個希望也是另一種罪惡感，可是我真的很喜歡你。」
她說，「後來你果然分手了，但我的罪惡感卻更重。」
她將烤肉架上的米血翻面，然後刷上烤肉醬。
「每當跟你很親密時，雖然很開心，心裡也充滿幸福。但同時……」
她嘆口氣，「同時心裡也會有一種很厭惡自己的感覺。」
我覺得很愧疚，想開口說抱歉，卻開不了口。

「當你還在公司時，我曾經想過跟你分手，但始終下不了決心。」
聽她這麼說，我微微一驚，這件事我竟然完全不知道。
難道這是她突然很少跟我獨處的真正原因？
不過也沒差了，畢竟我離職一年後還是分手了。

「即使什麼都懂，卻還是無法停止自己無怨無悔的付出。」她說，

「這大概就是你以前所說的愛情白痴吧。」
說完後，她拿起烤肉架上的米血，遞給我。

我得修正計算結果，我跟涵貞的戀情不只四年半，
還要從十年前的 9 月提前到 6 月，因此再加上三個月，
正確答案是四年九個月。
在這四年九個月期間，涵貞能有多少沒有罪惡感的日子？
而她的心情又是如何跌宕起伏？

「還好我只有 10%，不然我很難撐下去。」她說。
『什麼 10%？』
「你曾說每個人的心都被愛情、親情、友情等等的鳥事占據……」
『我不會用鳥事這種字眼。』
「不要插嘴。」她瞪了我一眼。
『好。』
「反正你說愛情大概只占我這顆心的 10%。」她指著她的心臟。
『我沒特別的意思，妳不要介意。』我趕緊解釋。

「或許 10%太少，能讓你得到的或感受到的愛情並不夠。」她說，
「但那是我全部的愛情。」
『……』
「我把那 10%都給了你。」她右手放心口，「全部、毫無保留。」

．

她堅定的語氣直接擊中我的心，讓我心頭一震。
我凝視著這個在我眼裡很像鄔瑪舒曼的女孩許久……
終於不再逃避視線。

回想起剛認識她不久時，我把她的名字寫成涵「真」。
「我不是真假的真。」她看到後糾正，「我是貞烈的貞。」
『一般應該會說貞節或貞操的貞，用貞烈來說明有點怪。』
「我喜歡烈這個字。貞烈、濃烈、剛烈、猛烈、壯烈等等什麼都好，
　就是要轟轟烈烈。」她笑了起來，「我就是喜歡烈，越烈越好。」

如果情感是種液體，那涵貞的情感大概是勾芡後的濃湯。
我的心也許曾經因為晴蘭的緣故而抗拒涵貞，始終緊閉著外殼。
但在涵貞的濃烈情感熬煮下，我這顆自閉的牡蠣，也該打開了。

烤肉架上又一顆牡蠣開了口，涵貞拿夾子準備夾起。
『等一等。』我說。
「不吃了嗎？」
『不是。』我說，『再等 20 秒。』
「嗯？」
『牡蠣開口後，再烤 20 秒，就是我最喜歡的熟度。』
她似乎震了一下，手中的夾子緩緩搖動。

『而米血，我喜歡雞血做成的，不是豬血。』我說，『而且我喜歡的方式是用炸的或是麻油煮的，不是用烤的。』

她靜靜看著我，過了一會，眼角泛著淚光。

『別哭了。』

「別人又看不到。」她瞄了一下四周，「反正只有你知道我愛哭。」

『可是快焦了。』我說。

她趕緊夾起那顆牡蠣，慌張間掉落，蚵汁灑了出來。

急忙剝開牡蠣外殼時，又被燙了手。

「焦了。」她說，顧不得燙到的手。

『這樣也不錯。』我一口吃下，笑了笑。

「謝謝你告訴我這些。」她說。

『說什麼謝呢。』我說。

「我可以說謝謝，你不能說。」

『好。』

「終於可以不必等你喝醉，就可以知道想知道的事了。」

『妳想看我喝醉，只是因為想知道我愛吃什麼？』

「是呀。」她破涕為笑，「我果然是愛情白痴吧。」

她凝視烤肉架上的牡蠣，當牡蠣開了，她便專注看著手錶計時。

20 秒到了便夾起，用手指小心翼翼剝開，緩慢而平穩地遞給我。

這讓我想起她收耳機線時，手指像跳芭蕾舞般的輕盈靈活動作。

「好吃嗎？」她問。

『嗯。』我說，『這就是我的最愛。』

每吃一顆蚵仔，我們便重複這樣的對話，重複十幾次。

直到烤肉架上的牡蠣沒了，她眼眶泛紅，閃爍著淚光。

最後她笑了，很滿足的笑容，再看了我一眼後便起身離開。

我突然有種悲傷的感覺。

或許愛情只占涵貞內心的 10％，但她將全部的 10％都給我。

而我，就算我是那種很重感情的人，愛情可以占我內心 50％；

然而在那 50％中，我又給了她幾％？

大家似乎喝開了，現場氣氛跟烤肉架下的炭火一樣熱。

涵貞到處跟人談笑，她的笑聲總是特別響亮。

我今晚喝多了，應該差不多到了我的酒量上限，腦子有點模糊。

再喝下去就會打破我的不醉紀錄。

「那個我無緣的前男友……」涵貞遙指著我，手中拿著高粱酒杯，

「乾了！」
我無奈舉起杯，一口喝下。

應該破極限了，腦中開始天旋地轉。
俗話說：猴成人，一萬年；人變猴，一瓶酒。
這是在提醒世人酒喝了可能會亂性或失態，要引以為戒。
我倒不會酒後亂性或失態，但彷彿感覺到腦中某些記憶掙脫束縛，
逃跑了出來。

朦朧中，我想起跟涵貞之間的最後一年，其實還發生了些什麼。
那一年我生日，她問我要不要一起去墾丁慶生？
她說她會推掉跟朋友的活動，單獨跟我去墾丁。
我回：沒關係。生日年年有，妳拒絕朋友會不好意思的。
還有她生日那天，她邀我去她家幫她慶生，但可能人會有點多。
我回：那就不用了，應該不缺我一人。我跟妳說聲生日快樂就好了。
她又說雖然人很多，但她會想辦法盡量留點時間跟我獨處。
我卻再回：不用了。這樣妳會有壓力。

我的大腦好像刻意壓抑某些記憶，讓我產生錯誤認知，
讓我認為跟涵貞結束戀情並不是我的責任，責任在她。
而我只是鸚鵡，只能被動接受，一切都不是我的錯。
但某些時候我並不是鸚鵡，我甚至在她努力維繫我們的戀情時，
潑她冷水。

而晴蘭跟我之間也不是「無疾」而終，是因為她發現我交了新女友。
責任和錯誤都在我，與晴蘭無關，她反而是受傷的一方。
晴蘭那時把頭髮剪得更短，不是因為忘了要留長髮給我看的承諾，
事實上她沒忘，她跟我說要先把頭髮剪短打薄，以後留長才會好看。
晴蘭明明這麼告訴過我，我卻選擇遺忘這段記憶並歸咎於她，
這樣才能讓我覺得我與晴蘭分手是合理的。

我想起麥格克效應，想起大腦合理化所有行為的機制。
我知道大腦是好意，避免我痛苦、自責、否定自己、罪惡感焚身。
它希望我覺得自己是好人，沒做錯事，所有的選擇都是對的。
但涵貞確實會看手相，她沒說錯，我果然花心。

認識涵貞後，我一直在壓抑，壓抑著被她吸引的心跳。
心裡不斷築起堤防，越築越高，保護堤防內的我和晴蘭。
但涵貞對我的吸引力越來越強，終於在十年前的烤肉夜晚，
在鄔瑪舒曼神韻的猛然衝擊下，堤防瞬間潰決。

大部分的人都希望自己是岳飛，但當考驗來臨時，通常成了秦檜。
我也是如此。
與晴蘭分隔兩地時，打從心底覺得我不會變心，只會跟她白頭偕老。
沒想到認識涵貞後，我卻對涵貞動了情，成了腳踏兩條船的花心男。

然而大腦修改事件發生時間點的記憶，

讓我以為是晴蘭主動跟我分手在先，而我無力挽回；

於是在跟晴蘭分手的情傷下，我才會迅速跟涵貞交往。

這是避免讓我覺得我犯錯了，並合理化我與涵貞的交往。

因為要合理化親吻涵貞的行為，所以讓我認為由於情傷的緣故，

需要慰藉的我才會情不自禁，在夜色下吻了涵貞。

然而其實是因為我早已喜歡涵貞，這是火藥；

而她那像鄔瑪舒曼的神韻，只是被點燃的火；

爆炸後的結果，就是令我意亂情迷吻了她。

為了要說服自己選擇涵貞是對的、涵貞是最好的、涵貞才是真愛，

所以我對她百依百順，完全順著她的意思。

如果涵貞的顯性性格我不喜歡，我就會很努力找出她的隱性性格。

比方我不太喜歡涵貞太豪爽的性格，我便努力找出她的拘謹性格。

這一切都是要讓我覺得，選擇涵貞是很合理的。

而跟晴蘭之間的許多記憶，尤其是美好的部分，都被隱藏或修改了。

只留下模糊的記憶，和被修改後的不愉快記憶。

這是避免當我想起晴蘭時，會有很深的罪惡感，會痛不欲生，

所以讓我盡量不要想起晴蘭這個人，也改變我對晴蘭的認知。

或許大腦知道我吻了涵貞才讓這一系列的錯誤持續發生，
於是不想讓我承認或相信涵貞像鄔瑪舒曼，拒絕這種認知。
一旦看著涵貞卻聯想到鄔瑪舒曼時，便會轉移視線。

大腦為了合理化我的行為可以騙我，但心不行。
認知與記憶，是腦；
但愛不愛一個人，是心。

我看著正跟別人談笑的涵貞，在某個角度下，她真的很像鄔瑪舒曼。
然而不管她像不像，現在的我只想衝上前緊緊擁她入懷，
給她一個愛斯基摩之吻。
即使知道愛上涵貞有很大的因素是因為扭曲了對晴蘭的記憶和認知，
但我心臟好像裝了爆米花機器，只要看涵貞一眼，便劈劈啪啪作響。

我想起來了。五年半前跟涵貞分手時，我的反應並不淡然。
那陣子只要一躺在床上，滿腦子都是涵貞，因此常常失眠。
甚至某天下午上班時，突然感到暈眩而差點昏迷。
我不知道大腦用什麼方式化解了我和涵貞分手時的痛苦記憶，
但此刻的我，心卻清楚感受到痛。
很痛。

第一次跟涵貞去墾丁慶生那晚，我們並肩躺在沙灘上。

「你這輩子快樂的時光，你記得多少？」涵貞問。

『我不會用快樂這個字眼形容我的感受。』我想了一下，『如果一定
　要用快樂來形容，那麼應該很少吧。』

她突然起身轉頭看著我，正納悶時她雙手抱著我，臉埋在我胸口。

「那我以後一定會讓你有很多很多的快樂時光。」她抬起頭看著我，

「多到你完全數不清你有多快樂。」

我很感動，雙手捧起她臉頰，低頭給她一個愛斯基摩之吻。

『現在就是我的快樂時光。』我說。

「真的嗎？」

『嗯。』我點點頭，『我以後要認真收集快樂，只要集滿七次快樂
　就可以召喚神龍了。』

「那我要一直給你快樂，讓那隻神龍常常被你叫出來，把牠累死。」

她笑了，星光映照她的笑臉，整個世界都明亮了。

這段記憶或許在五年半前我跟涵貞分手後，被大腦隱藏。

此刻這記憶突然襲來，讓我疼痛的內心更痛，快喘不過氣了。

我與涵貞之間，到底還有多少珍貴的回憶被改變或遺忘呢？

我又遠遠看了一眼涵貞，她依然在人群中談笑。

然後閉上雙眼、摀住雙耳，試著不管腦中交錯複雜的記憶。

最後用手掌撫摸胸口。

心是熾熱的，快速的心跳也讓手掌微微發麻。

果然大腦才有麥格克效應，而心並沒有。

世間所有的相遇，都是久別重逢。

我和涵貞的相遇也是。

我以後應該不會再來這種烤肉聚會了，因為我不能看見涵貞。

一旦看見她，想擁她入懷卻不能的壓抑再加上這種心臟的痛覺，

一定會把我逼瘋吧。

幸好大腦應該會保護我免於痛苦，

它會改變我對涵貞的認知，也會歪曲我跟涵貞之間的回憶。

就像之前改變我對晴蘭的認知和記憶一樣。

它更會想辦法給我一個「合理」的答案，讓我可以不必再看見涵貞。

然而，這算幸好嗎？

🕷 🕷

我應該是醉了沒錯。

「你還好嗎？」涵貞輕拍我臉頰。
涵貞的臉變得朦朧，我無力回答，只能含糊說出：嗯。
「對不起……」她似乎很擔心，「不該讓你喝這麼多。」
我無法答話，因為頭彷彿正被用力搖晃，腦子裡像海，波濤洶湧。

隱約聽見涵貞叫了計程車，然後要一個男同事送我回家。
「鑰匙他都會放在褲子右邊的口袋。」涵貞交代，「你要直接把他
　　送進家門、送到床上躺平。知道嗎？」
「知道。」他回答。

「還有他剛剛閉著眼又搗住耳朵，應該很痛苦……」涵貞說。
「可能只是頭痛。」他說。
「他的手還摸著胸口耶。」她又說。
「大概想吐吧。」
「想吐會搗著嘴或是摸肚子，摸胸口幹嘛？」

「難道他想唱歌？」

「唱歌？」涵貞很納悶。

「他可能想唱王傑的〈你是我胸口永遠的痛〉。」他大聲唱出來，

「你是我胸口永遠的痛，南方天空飄著北方的雪……」

「欠揍嗎？」涵貞卻笑了出來。

「反正我會處理的，妳放心。」他說。

我感覺被推進計程車後座，還聽到涵貞說「小心」。

這位男同事說對了一半。

我不是想唱歌，但確實胸口很痛。

一路上胸口始終疼痛，也因為這樣，我才有一絲絲清醒。

在半醉半清醒的情況下，恍惚間我好像看到一張蜘蛛網，

而且還有隻小蟲子陷進蜘蛛網中。

然後腦海莫名其妙浮現關於晴蘭的一些記憶片段。

這些片段包括影像、聲音甚至是氣味。

清脆的開鎖聲音讓我暫時離開記憶中的晴蘭。

我被攙扶著進了門，走進房間，最後被放在一張柔軟的床上。

躺在熟悉的床上，我竟然感覺到海。

我似乎躺在大海上，緩緩漂流。

然後我做了一個夢。

🕷 🕷 🕷

天空很藍，淺淺的那種藍。稀疏的白雲片片。
隨著海浪的韻律，我週期性的反復上下，清涼的微風吹拂過全身。
在海浪和微風的推送下，我逐漸進入另一個翠綠的世界。
遠處有座山，四周是草地，隱約傳來眾人的談笑聲。
我緩緩落地，站起身。

「太好了。」一個女生的聲音。
我轉過頭，有個短髮女孩在我右方三步遠，半蹲著身體，凝視草叢。
我走近她身旁，也跟著半蹲，但除了很多草和偶而點綴的小花外，
沒發現特別之處。

「你看……」她指著草叢某處，「有張蜘蛛網。」
順著她手指仔細一看，果然有張蜘蛛網，網中好像黏了隻小蟲。
「這樣蜘蛛就不會餓肚子了。」她說。
『可是小蟲會被吃掉啊。』我有點驚訝，『一般女生應該會站在小蟲
　那一邊吧。』
「不。」她站起身，「我站在飢餓的蜘蛛那一邊。」

『可能因為是微不足道的小蟲吧，如果那是蝴蝶的幼蟲呢？』

「一樣。」她笑了笑，「我會站在蜘蛛那一邊。」

『如果是美麗的蝴蝶呢？』我繼續追問。

「我還是會站在蜘蛛那一邊。」她笑了起來，笑聲很輕。

這是我第一次看見晴蘭時的情景。

一頭俏麗的短髮，白皙臉蛋上雙頰泛紅，笑容很清爽。

站在草叢中的她，彷彿是一朵清新脫俗的蘭花。

☆

我在大學時的聯誼活動中認識她，我們念不同學校，但同一座城市。

聯誼結束後，我和她還有好幾個同學，相約一起吃晚餐。

餐廳裡光線有些暗，同桌那幾個同學的臉很模糊，只知道有男有女。

唯有晴蘭的臉很清晰，而且用柔焦處理。

「我叫李晴蘭。」她說，「不是情感的情，是天氣晴朗的晴。」

她一說完，整間餐廳大放光明。

吃完晚餐在路上閒逛時，經過一家咖啡館，這是我出門必經之處。

大三那年我搬離宿舍在外租屋，住處的巷口就是這家咖啡店。

我只住一年就搬走了，原來認識她時，我是大三生。

「很羨慕你，這樣喝咖啡就很方便了。」晴蘭說，「就像我家附近的
　巷口是一間診所，所以我看病很方便。」
『這種方便好像……』我不知道要接什麼，只覺得怪怪的。
「我曾經半夜走路到那間診所掛急診。」她說，「半夜耶！走路耶！
　誰能有這樣的方便？」
我心想這種方便應該沒多少人羨慕吧？

一群人要解散各自回家時，我無意間與她四目交接。
「晴蘭、陰蘭、雨蘭、雪蘭。」她問，「請問哪一個名字最好聽？」
『晴蘭。』我笑了。
「謝謝。」她也笑了，然後揮揮手，「bye-bye。」

擦身而過時，我聞到淡淡的花香，那是蘭花嗎？

我應該對總是站在蜘蛛那一邊的晴蘭有好感，
也可能莫名其妙被那股淡淡的花香所吸引。
反復考慮幾天後，終於鼓起勇氣撥了她手機。

『可以一起去看電影嗎？』我很緊張。

「好呀。」她完全沒猶豫。

『這……』我反而猶豫了，『妳不用考慮一下嗎？』

「手機電話費很貴。」她笑了，「所以不要浪費時間。」

我們去看《追殺比爾》，這是我和她之間的第一部電影。

從在電影院裡等她出現到買票進放映廳，我心情一直處於緊繃狀態。

找到座位坐下，燈光暗了下來，心跳依舊快速。

「要開始了。」她轉頭看著我，微微一笑。

那是非常有親和力的笑容，我緊繃的心情終於放鬆，心跳趨於和緩。

電影要開始了，我和晴蘭之間也要開始了。

電影一結束，放映廳燈光打亮的瞬間，我們轉頭互望。

然後同時笑了起來，好像很有默契。

我們一路聊著劇情，走出電影院，漫步在街道。

最後停在路邊的小麵攤吃宵夜。

「我覺得鄔瑪舒曼的鼻子有點大。」她說。

『算是吧。』我說，『但整體五官搭配起來，反而顯得冷豔。』

「你好像很喜歡鄔瑪舒曼？」她問。

『嗯。』我點點頭，『幾乎可以說是迷戀。』

「迷戀？」她似乎很吃驚，「這麼誇張？」

『如果妳問我，要擁有翠玉白菜還是要親吻鄔瑪舒曼？』我笑了笑，
『答案很明顯是後者。』

她也笑了起來，笑容依舊很有親和力。

我被晴蘭的親和笑容鼓舞，便時常約她，她從沒婉拒過。

她一定是個很好相處的人，跟她在任何一種場合我都很放鬆。

在她身邊我不會緊張，也沒有壓力，相處就像呼吸一樣自然。

我幾乎忘了正在追求她，反而有跟她是多年老友的錯覺。

快速閃過的許多影像中，場景一直在變，但我們總是在談笑，

逛街、吃飯、看展覽、戶外踏青等等都是。

即使在電影院裡我們也會遮住嘴巴、壓低聲音，偷偷交談幾句。

晴蘭永遠是短髮，她說這樣比較清爽，而她喜歡清爽。

她曾經把頭髮剪得更短，結果走進百貨公司女廁時，

有個女生一看見她便尖叫著跑走。

她轉身讓我看她背影，學生時代的她總是牛仔長褲搭配淺色上衣，
168 公分身高加上中性穿著、俐落短髮，背影有幾分男孩的味道。
『妳有考慮把頭髮留長嗎？』我問。
「我才不要。」她笑了，「這樣就不能走進女廁嚇人了。」

然而晴蘭絕對是女人味十足的女孩，五官也許不算漂亮，但很清秀。
她的言談舉止都很細緻，連笑聲也是，並帶著一絲慵懶。
她身上總有股淡淡的香氣，輕輕飄進鼻子，讓我神清氣爽。
如果電視上舉辦蒙眼認人大賽，我一定可以藉由她身上散發的香氣，
從一堆人當中輕易認出她。

我偏執地以為，那一定是蘭花的香味。

逛擁擠的夜市時，我伸出手牽著晴蘭的手。
她停下腳步，低頭看著她被牽住的手，再抬頭看我。
然後她笑了，我也笑了。

笑容停止後，她突然用力握緊我的手，拉著我在人群中快速穿梭。
我與她十指緊扣，像是被同一副手銬銬著的囚犯，穿過人群奔逃。
直到夜市的盡頭，我們才得到特赦，除掉手銬大口喘氣。

『能不能告訴我……』我喘著氣說，『我們為什麼要跑？』
「我也不知道。」她也喘著氣說，「只是直覺到危險。」
『危險？』
「當我的手被你牽住，感覺好像是小蟲被蜘蛛網困住。」

『難道我像蜘蛛嗎？』我吃了一驚。
「或許吧。」她笑了，「但你別忘了，我總是站在蜘蛛那一邊。」
她雙頰泛紅，再豔麗的腮紅也塗不出這種紅。

『其實我不是蜘蛛，而是先知。』我說，『我可以預知未來。』
「真的嗎？」她說，「我不信。」
『不信的話，我們來打賭。』我說，『如果我猜對了妳未來五分鐘內
　會怎麼做，妳要給我一個吻。』
「好。」

『妳一定不會吻我。』我說。
她愣了愣，然後笑了起來，沒有接話。

『我猜對了。』五分鐘到了，我說。

她看著我，雙頰紅通通，像燒熱的鐵。

我摟她入懷，吻了她，臉上感受到灼熱，也許會燙傷。

「我的臉可以煎蛋了。」她摸著臉說。

我抱住她，臉貼著臉，她身上的蘭花香氣好濃郁，瀰漫我的世界。

夜市喧鬧不已、人潮川流不息，只有躲在角落的我們始終靜止。

「如果你想吻我……」她在我懷裡輕聲說，「不必絞盡腦汁想梗。」

『妳不早說。』我微微一笑，『這個先知的梗，我想了好久。』

「以後不用再想梗了，只要……」她頓了頓，「只要你喜歡就好。」

『真的嗎？』

「嗯。」她抬起頭看著我，「你喜歡就好。」

她這句話瞬間融化了我身體上所有固體的部位。

從此她常說：「你喜歡就好。」

每當聽到這句，心裡總覺得溫暖，和一絲甜蜜。

晴蘭的生日是 12 月 31 日，很特別的日子，但幾乎沒人幫她慶生。

『為什麼？』我很好奇。

「大部分的同學和朋友那天晚上都要出門跨年呀。」她似乎很無奈，

「連我自己也會出門跨年。」

說的也是，年輕人在這晚如果不出門跨年好像會被嘲笑是老頭。

我想幫她慶生，又想跟她一起去跨年，正思考該怎麼辦時，

突然想起周星馳電影《食神》裡的經典對白：

爭什麼爭，把兩樣摻在一起做瀨尿牛丸不就得了，笨蛋！

『今年我們去 101 大樓那裡慶生。』我說。

這年的最後一天正好是 101 大樓的完工日，也是跨年活動舉辦日。

跨年倒數時大樓會有燈光秀，而且也會第一次從大樓中施放煙火。

可想而知，101 大樓周遭一定湧進數十萬人潮。

我們買了個小蛋糕，擠進 101 大樓附近，果然全是擁擠的人群。

勉強找了個小角落坐在地上，蛋糕上插了根小蠟燭，點燃蠟燭。

在這年的最後兩分鐘，我對著她唱生日快樂歌。

最後一分鐘，她快速閉眼許願，再睜眼吹熄蠟燭。

『生日快樂。』我說，只剩 30 秒。

我們立刻站起身，望著不遠處的 101 大樓。

原本燈火通明的大樓，正隨著倒數計時，由下往上逐層熄滅燈光，直到倒數終了。

砰砰聲連發，從大樓中射出五彩繽紛的高空煙火，點燃新的一年。

『新年快樂。』我說。

「生日快樂加上新年快樂。」她笑了，「真的很快樂。」

漫天煙火下，我牽著她的手，在擁擠人群中仰頭看著璀璨的夜空。

「以後我要用心記下每個快樂時刻。」她用手指在我衣服畫了兩下，「現在是兩個快樂，要記下來。」

『嗯。』我點點頭，『妳要好好收集快樂。』

「集七個快樂可以召喚神龍嗎？」她笑了。

『可以。』我也笑了。

這個新的一年，一開始就生機勃勃，往後一定會有很多快樂時刻。

☆

煙霧漸漸散去，擁擠的人群消失不見，包廂內的音樂聲響起。

這年的西洋情人節，我和晴蘭到 KTV 唱歌慶祝。

不用跟別人搶麥克風，我們可以一整晚盡情歡唱。

她點了中島美嘉的〈雪の華〉，歌名的中文意思是雪花。

我很驚訝她會唱日語歌，印象中她根本不會說日語。

她說這首歌是她的最愛，聽久了就會跟著哼唱。

電視螢幕上顯示日文歌詞，她跟唱了一會日語後，突然牽著我的手。

她轉頭對著我唱，而且改用中文唱，完全不管螢幕上的日文歌詞。

     只要能在你身旁　我就感動得快要哭泣

     撒嬌並不代表軟弱　我只是愛你　打從心底愛著你

     只要有你在　無論怎樣的事　都覺得可以克服

     我不斷祈禱　這樣的日子　一定會持續到永遠……

「聽清楚了嗎？」她唱完後說，「如果聽不清楚，我再唱給你聽。」

『聽清楚了。』

「那……」她拖長尾音，「你明白了嗎？」

『嗯。』我點點頭，『我明白了。』

「情人節快樂。」她說。

『情人節快樂。』我也說。

「再度收集快樂一枚。」她用手指在我衣服畫了一下，笑了起來。

☆

歌聲戛然而止，光線突然變亮，出現烈日當空的大學校園。

畢業時節到了，我和她都要結束學生生涯。

〈雪の華〉的歌詞沒能成真，因為相聚的日子無法持續到永遠。

分離的日子很快到來，她要去上班，我要去當兵。

她穿上套裝，有種「因為工作需要所以只好這樣穿」的新鮮氣息。

而我剛結束新訓，頂著平頭準備下部隊。

我要上車前，她突然摟住我，越摟越緊，我幾乎以為身上穿了束腹。

「好好當兵。」她終於鬆開手，摸摸我的頭。

當兵期間，我一放假就會跨了大半個台灣找她，而且一定都找得到。

「我今天有塗腮紅嗎？」她說，「答對了就讓你親一下。」

『沒塗。』我說。

「答對了。」她微微一笑，將臉頰湊近我。

我在她臉頰上輕輕一啄，享用自然的紅。

這應該是送分題，我懷疑她可能從沒塗過腮紅，也不需要塗。

快速閃過很多影像，都是草綠色軍服的我與黃色衣服的晴蘭。

場景不斷改變，但黃色和綠色的組合始終沒變。

『妳好厲害。』我說，『每次都剛好穿黃色衣服。』

「這不是巧合。」她說，「這是有意義的。」

『什麼意義？』

「我先問你，你知道我最喜歡哪一種蘭花嗎？」

『不知道。』我搖搖頭。

「文心蘭。」她說，「你知道這種蘭花嗎？」

我又搖搖頭。

「下次我帶文心蘭讓你看。」她說。

『好。』我說，『但妳剛說的意義是？』

「這就是文心蘭的顏色。」她拉了拉她的衣袖，「穿上這種顏色的
　衣服會讓我覺得自己像文心蘭。」

『原來妳是想 cosplay 成蘭花。』我笑了笑。

「不只如此。」她搖了搖頭。

『還有什麼？』

「在你當兵期間，我都會穿這種顏色的衣服來見你。」她說。

『為什麼？』

「笨。」她敲一下我的頭，「這表示我都沒變，還是你的蘭花呀。」

我很感動，輕輕擁她入懷。

然而我要當一年八個月的兵，晴蘭真的會一直是我的蘭花嗎？

退伍前一個月，我放假時到晴蘭家附近的巷口等她。
遠遠看到她抱著一盆鮮豔亮麗的花走來，面帶微笑。
「這就是文心蘭。」她說。

文心蘭的花形很特殊，下方的唇瓣特化成一大片，宛如裙子；
上方兩片花萼像伸長的雙臂。
「像不像一個穿著長裙正在跳舞的女生？」她問。
我仔細一看，文心蘭看似具有頭、手、腰、身、裙，而且栩栩如生。
『很像。』我說。

她說文心蘭還有另一個有趣的名字叫跳舞蘭，
因為文心蘭盛開時宛如穿著黃色長裙翩翩起舞的女子。
「這就是我最喜歡的文心蘭。」她說。

我注視著依然穿黃色衣服的晴蘭與眼前這株跳舞蘭，
兩者影像逐漸重疊，腦海浮現出穿著黃色長裙翩翩起舞的晴蘭。

晴蘭最喜歡文心蘭，而我最喜歡晴蘭。

退伍那天，台灣高鐵才正式營運沒幾天，我背著行李坐高鐵到台北。
剛離開驗票閘門，在川流不息的人群中一眼就發現晴蘭。
她穿著黃色連身長裙，我彷彿看見一朵盛開的文心蘭。
我突然一陣激動，拋下行李衝上前去緊緊抱住她。
『妳就是我最喜歡的文心蘭。』我說，『我的蘭花。』

她沒說話，只是微笑著。蘭花的香氣撲鼻，我的眼眶卻微濕。

兵變的考驗可以通過，未來應該不會太難。
退伍後我和她在同一座城市上班，跟念大學時一樣，可以常常相聚。
剛上班的我有些不適應，偶而會跟她吐苦水。

「對。你主管很機車。」
「沒錯。同事在凹你。」
「哇，你的工作壓力真的很大。」
晴蘭總是附和，沒用任何安慰或鼓勵的言語。

『妳好像都在附和我？』我終於察覺不對勁。

「是呀。」她說，「因為我是鸚鵡。」

『鸚鵡？』

「不管你抱怨什麼，我都不表達意見，只是附和，這就是鸚鵡呀。」
她笑了，「聽說在心理學上，這樣很有療癒效果。」

『會嗎？』我很疑惑。

「不然你想聽：剛開始工作都這樣，以後就會變好或是人生是什麼？
　不就比當歸還長一點，所以看開就好之類安慰的話嗎？」

『嗯……』我想了一下，『好像也不必。』

「來，換你當鸚鵡試試看。」她說，「要附和我哦。」

『好。』

「壓力越來越大，我快要變成鴨子囉！」她大叫。

『快要變成鴨子囉！』我也大叫。

「被同事凹來凹去好慘哦！」

『好慘喔！』

「主管很機車，很想給他巴下去呀！」

『給他巴下去啊！』

說完後我們同時放聲大笑。

「很療癒吧？」她問。

『超級療癒。』我說。

「那以後我就是你的鸚鵡。」她笑了。

『好。』我也笑了。

笑聲一直迴盪著，很清晰，又很遙遠。

我相信只要有她這隻鸚鵡陪伴，再大的壓力應該也會煙消雲散吧。

我常去晴蘭上班的公司樓下等她下班，再一起吃晚餐。

各式各樣小餐館和路邊攤的影像快速掠過，場景雖然不同，

但工作一天後能跟她一起輕鬆吃頓飯的滿足感都一樣。

「你好像不吃綠色花椰菜？」她看著我剛吃完的空盤上唯一的綠。

『嗯。』我點點頭。

「是味道的問題嗎？」她很疑惑，「可是你會吃白色花椰菜呀。」

『不是味道的問題，是心理陰影。』我說。

「為什麼？」

『小時候吃綠色花椰菜時，看到蟲子在蠕動，便有了陰影。』我說，

『從此我就不敢吃綠色花椰菜。』

「你乾脆把自己當蜘蛛呀。」她笑了，「這樣就敢吃蟲子了。」
『真的不敢。』我苦笑著，搖搖頭。

之後我們一起吃飯時，只要看到我的碗盤裡有綠色花椰菜，
她會以迅雷不及掩耳的速度，伸出筷子夾到她的碗盤。
這種反射動作，總讓我們會心一笑。

我們站在鹹酥雞攤位前，說也奇怪，即使在這麼強烈的味道氛圍中，
我依然能聞到她身上淡淡的蘭花香。

「你喜歡吃米血嗎？」她問。
『嗯。』我點點頭，『但我愛吃的米血是雞血做的，不是豬血。』
「有差別嗎？」
『外觀幾乎一樣。』我說，『但口感差很多。』

小時候母親煮麻油雞時，總是會放一塊米血。
那米血是將雞血倒進碗裡做成的，外觀像是具有厚度的圓形杯墊。
母親總是把米血留給我，我用一根筷子插起來吃，吃得津津有味。
念國中時，家裡附近有個鹹酥雞攤位，那裡的米血也是雞血做的。

米血炸得香氣四溢，吃了口齒留香，我超愛吃的。

「那這塊呢？」她用竹籤插起一小塊米血遞給我。

『一定是豬血。』我一口咬下，『其實現在大部分的米血都是豬血，我大概幾百年沒在鹹酥雞攤遇見雞血做成的米血了。』

「想念嗎？」她問。

『超想念。』

「那我就來想辦法讓你們重逢吧。」

我看了看她，她似乎正陷入沉思。

☆

場景切回住處，手機鈴聲突然響起，這鈴聲是晴蘭特地幫我設定的，中島美嘉的〈雪の華〉歌聲。

我按下接聽鍵，晴蘭在手機中說了個地點，問我多久可以到？

『20分鐘左右吧。』

「好。」她說，「我等你。」

我搭上捷運，下車後走出捷運站，穿過馬路就到了。

「剛炸好的。」晴蘭用竹籤從紙袋中插起一小塊米血送到我嘴邊，

「小心燙。」

『這是雞血啊。』我只咬了一小口，眼睛就發亮。

馬上再大口咬下。

「既然這麼想念它，就跟它說聲好久不見吧。」她說。

『好久不見！』我對著米血大喊。

她笑了起來，又插起一小塊米血送到我嘴邊。

『妳怎麼找到的？』我問。

「就花死工夫，一家一家問。」她說。

『妳找多久？』

「還好。」她說，「這是第47家而已。」

我突然感動得起雞皮疙瘩，不禁伸出手臂想抱住她。

「先趁熱吃米血。」她微笑著推開，「吃完再讓你抱。」

這應該是寒冷的冬夜，繁華的街道上車水馬龍、人聲鼎沸，

我和她縮著身體站在街邊。

她餵我吃一塊塊米血，每吃一塊，心就溫暖幾分。

終於吃完那包米血，我緊緊抱住她，四周的喧囂和光線都不見了，

整個世界只有我和她。

『妳頭髮這麼短……』我撫摸她的頭髮，『不會冷嗎？』

「不會。」她說。

『其實應該給妳買頂毛線帽……』

「你是不是喜歡長髮女孩？」她打斷我，「是不是？」

『這……』我突然結巴，『算是吧。』

她笑了起來，我拼命解釋頭髮長短不重要，她卻笑得更大聲。

「好吧。」她停止笑，「我開始留長髮好了。」

『真的嗎？』我眼睛一亮。

「當然是開玩笑的。」她又笑了起來。

她調皮的樣子很可愛，我再次摟她入懷，她依然笑個不停。

笑聲越來越淡，寒冷的天氣瞬間回暖，豔陽高照的日子來了。

我們去北海岸玩水，但她說她其實很怕水，根本不敢下水。

『那妳還約我來玩水？』我很疑惑。

「男生常說一定要約女孩去玩水，才可以提早發現女人的真面目。」

她笑了笑，「所以我得讓你看看我的真面目呀。」

『妳幾乎都是素顏。』我也笑了笑，『妳的真面目就這樣啊。』

「我今天有塗腮紅嗎？」

『沒塗。』我說。

「你好厲害。」她說，「同事們都以為我有塗腮紅，還問我用什麼
　牌子呢。我說我沒塗腮紅，她們都不相信。」

『唉。』我假裝嘆口氣，『天生麗質真的會讓人很困擾。』

她笑了起來，將臉頰湊近我，我輕輕一啄。

『我們不要下水，在沙灘走走、曬曬陽光就好。』我說。

「只要有你在，無論怎樣的事，都覺得可以克服。」

『嗯？』

「這是我對你唱過的，〈雪の華〉的歌詞。」她說。

話剛說完，她突然拉著我的手，站起身往海的方向快步前進。

腳踝一碰到水，她立刻停止腳步。

當新的浪又撲向沙灘時，她下意識往後退開兩步。

『我會抓著妳。』我說，『妳不用怕。』

「嗯。」她說，「你不要讓我滑倒哦。」

『如果妳滑倒，我也會滑倒。』我笑了，『然後陪妳一起喊救命。』

「好。」她也笑了。

我牽著她的手，一步一步，緩緩走進海水裡。

剛下水時她還很羞怯，偶而會低聲驚叫並用力抓緊我手臂。

但沒多久她竟然可以輕鬆自在玩起水來，而且越玩越開心。

我們已站在水深超過膝蓋的海水裡，她還想拉我再走到更深的地方。

『原來應該是我怕水才對。』我笑了，『饒了我吧，我不敢。』

她笑了起來，陽光映照她的笑臉，在海水的蕩漾下，格外亮麗動人。

我很喜歡陽光下她的笑臉，和她臉頰泛起的那一抹紅。

晴蘭果然不是情感的情，而是天氣晴朗的晴。

☆

太陽消失不見，天空一片灰濛濛，梅雨季到了。

連續下了好幾天雨，晴蘭說她快發霉了。

「找一個下雨天，我們說再見……」晴蘭在手機那頭唱起歌，

「不要讓太陽看見，我們的情切切意綿綿……」

『怎麼突然唱這首歌？』

「很悶呀，一直下雨都沒出太陽。」她又接著唱，「多少山盟海誓，
　　愛的諾言，都已化成雲煙……」

『別唱了。』我打斷她，『我們去看電影。』

走出捷運站，我們共撐一把傘，踏著人行道上的小水窪。

「我們在下雨天，再見……再見……」她又唱了。

『妳還沒唱完？』我反而笑了。

「下雨天太悶了，如果又要分手，一定會承受不了。」她也笑了，「如果我們要分手，一定要挑個烈日當空的大晴天。」

『不要開這種玩笑。』我說。

看完電影，細雨綿綿不斷，我們依然共撐一把傘走向捷運站。

「為什麼電影老是出現牧師宣布正式成為夫妻的瞬間，有人闖進禮堂帶走新郎或新娘的情節呢？」她問。

『可能這樣比較有戲劇張力吧。』

「大家總是歌頌闖進禮堂帶走新郎或新娘的人，但有人想過被留在禮堂中那個人的心情嗎？」

『嗯……』我想了一下，『確實很少人想過。』

「如果將來某天，有別的女孩想帶走你，那麼請她不必闖進禮堂。」她說，「我會自己離開禮堂。」

『妳今天怎麼老說奇怪的話？』

「可能是因為好幾天沒看到太陽了吧。」她聳聳肩。

我抬起頭看著灰濛濛的天空，祈禱太陽早日出現。

太陽出來了，而且是盛夏的烈日。

這天是七夕情人節，傍晚我到她公司樓下等她下班。

『情人節快樂。』

一見到她，我便給她一個拇指大小的玻璃瓶。

「這是什麼？」她看著瓶內數十顆小圓珠狀的東西。

『倒地鈴的種子。』我拔開瓶蓋的小木塞，輕輕倒出一顆。

倒地鈴種子像小圓珠，黑色的外殼上有一個明顯的白色心形圖案。

『像不像一顆愛心？』我問。

「像。」她笑了，「像極了。」

『在我老家很常見，路邊也能看到。』我說，『瓶子裡總共 99 顆，
　　每一顆都是愛心的形狀。』

「所以是愛你久久的意思囉？」

『呃……』我有點不好意思，『算是吧。』

晴蘭將那顆倒地鈴種子放在手掌中仔細欣賞，似乎愛不釋手。

過了一會才將它小心翼翼收回玻璃瓶裡，再蓋上小木塞。

「謝謝。」她說，「我很感動。」

『我只是隨手在老家的路邊摘了一些而已……』

「你以為理所當然的小事，也許對我而言，是令人感動的事。」

她笑了，用手指在我衣服畫了一下，「再度收集快樂一枚。」

「今年我沒準備禮物。明年的七夕，我一定會給你大大的驚喜。」

她牽著我的手，「走吧，今晚我請你吃大餐。」

『吃什麼？』我問。

「綠色花椰菜大餐。」

『拜託不要啊……』

我們同時笑了起來，相信此刻天上的牛郎和織女也一定正在笑。

☆

笑聲漸漸停歇，隱約傳來海浪聲，一道長長的海堤出現在眼前。

海面上空掛著一輪明月，海堤四周散發陣陣烤肉香氣。

這是中秋節夜晚，我第一次帶晴蘭回老家過節。

我老家在南部濱海的漁村，每年中秋親朋好友會相約在海堤上烤肉。

晴蘭是個很親切的人，隨和又大方，很快便和我的親友打成一片。

晴蘭對烤牡蠣很感興趣，她吃過蚵仔，但從沒看過整顆牡蠣。

我說這裡的海邊養殖很多牡蠣，我從小就是吃蚵仔長大的。

我烤了幾顆牡蠣，她吃得津津有味，很少看見女生這麼愛吃烤牡蠣。

『只要牡蠣一開口，就可以吃。』我指著烤肉網上的牡蠣，『不過開口後再烤 20 秒，就是我最喜歡的熟度。』

「20 秒嗎？」

『嗯。』我點點頭，『我個人的偏愛。』

嗶剝一聲，有顆牡蠣開了。

「1、2、3……」她喊出數字，再加上手勢，很像拳擊場上的裁判，「……18、19、20！」

「恭喜你獲勝。」她將那顆牡蠣夾給我，「獎品是蚵仔一枚。」

我剝開牡蠣，仰頭喝完蚵汁再吃下蚵肉，口感真是鮮美。

『妳剛剛好像拳擊比賽的裁判在讀秒。』我笑了笑。

「裁判只要讀 10 妙。」她也笑了笑，「我比較累，要讀 20 秒。」

『辛苦妳了。』

「1、2……」又一顆牡蠣開了，她開始讀秒，「……19、20！」

她又夾了顆牡蠣給我，我豎起拇指對她比個讚。

海堤上不時傳來晴蘭的讀秒聲，讓這歡聚的夜晚，氣氛更歡樂。

那一夜月光皎潔，映照在晴蘭的臉上，美得讓我聯想起嫦娥。
我們並肩坐在海堤上賞月，我下意識摟緊她的腰。

「怎麼了嗎？」她問。
『怕妳變成嫦娥，往月亮飛奔。』我說。
「我只是你的蘭花而已。」她握著我摟住她腰的手，微微一笑。
她身上的蘭花香氣依舊濃郁，四周濃烈的烤肉香味也掩蓋不住。

✿

月亮被烏雲遮蔽，天空變成純粹的黑，長長的海堤化為繽紛的街道。
一道閃電劃過夜空，幾秒後響起隆隆雷聲。

我和晴蘭剛走出一家餐館正站在騎樓，她反射似的摀住耳朵。
『妳怕打雷嗎？』我問。
「小時候超怕。」她似乎心有餘悸，「現在好一點，但還是會怕。」

『我跟妳說一個淒美的愛情故事。閃電是男生，雷是女生，他們非常
　相愛。有一天他們突然被烏雲拆散，閃電便拼命尋找雷，用盡所有
　力量發出光芒照亮黑暗，希望找到雷。雷發現閃電在找她，也用盡
　所有力量大喊：我在這兒！』我說，『所以妳聽到的雷聲，其實是

雷在回應閃電時的叫聲。』

「這故事是你編的嗎？」她愣了愣後，問。

『嗯。』我點點頭。

「你把我當五歲小女孩嗎？」她笑了。

『給點面子吧。』我也笑了，『我覺得這故事編得不錯。』

「好。編得不錯。」她說，「那麼之後的下雨是怎麼回事？」

『閃電和雷那麼相愛卻被拆散，終於找到彼此，能不激動掉淚嗎？』

我說，『所以之後所下的雨，是他們因為重逢而掉下的淚水。』

「那如果打雷閃電後沒下雨，就表示閃電沒找到雷？」她問。

『依故事的邏輯來說，是這樣沒錯。』我說。

我們同時仰望夜空，剛剛有閃電也打雷，但還沒下雨。

突然間又一道閃電劃過夜空，她立刻把雙手圈在嘴邊。

正納悶時，轟隆一聲巨響，晴蘭同時朝夜空高喊：「我在這兒！」

喊完後晴蘭笑得很開心，我偷瞄一下四周，看看有沒有路人受驚嚇？

還好她時機抓得很準，高喊聲被雷聲掩蓋，似乎沒人被嚇到。

『喂。』我忍住笑，『妳什麼時候變得這麼白目？』

「這樣閃電才能找到雷呀。」她還沒停住笑。

嘩啦嘩啦，下雨了，而且是傾盆大雨。

『我終於找到妳了！』我抱住晴蘭，大聲說。

「呀？」她先是嚇了一跳，然後輕聲說，「你終於找到我了。」

這次我確定有路人被嚇到了，但我不管，我的世界只有晴蘭。

「你比我還白目。」她在我懷裡笑了。

大雨持續下著，街景變得朦朧，只有我和晴蘭相擁的身影始終清晰。

大雨不見了，響起救護車歐伊歐伊的鳴笛聲，尖銳而刺耳。

那年年底，父親因為心肌梗塞緊急送醫，在醫院待了一個禮拜。

雖說出院了，但以後得每天吃藥控制，也得定期回醫院追蹤檢查。

老家在偏僻的漁村，距離最近的大醫院在台南，車程大約一小時。

我有兩個姊姊，但早已遠嫁，家裡平時只有父母兩個人住。

我決定辭掉台北的工作，到台南上班，方便照顧父親。

「什麼時候走？」晴蘭問。

『過完農曆新年，就去台南上班。』我說。

我們都不再說話，陷入一種詭異的靜默。

手機突然響起，鈴聲是中島美嘉的〈雪の華〉歌聲。

這是專屬晴蘭的來電鈴聲，但她就在身旁啊，我不禁轉頭看著她。

「無論多麼悲傷的事，我都將替你化成微笑。」她跟隨鈴聲唱著。

這鈴聲我用了一年多，到現在才知道歌詞的中文意思。

「以後你在台南，我打你手機時，你就要想起這段歌詞。」她說。

『好。』

『其實台灣很小，即使是台北台南，距離也不遠。』我試著安慰她。

「嗯。」她說，「距離不遠。」

『而且現在又有高鐵，見面很方便。』

「嗯。」她說，「見面很方便。」

『妳在當鸚鵡嗎？』

「對。」她笑了，「這樣有好一點嗎？」

『有。』我也笑了。

鸚鵡出現，離別的氣氛稍稍緩和。

「不過我會擔心一件事。」她說。

『什麼事？』

「我們第一次看電影時，你不是說你迷戀鄔瑪舒曼？」她說，「你在

台南時，如果遇到像鄔瑪舒曼的女孩呢？」

『那已經是好幾年前的事了耶，而且我只是隨口說說。』我很驚訝，『妳竟然還記得？』

「女孩子的心眼很小的。」她問，「如果遇到，你怎麼辦？」

『不會啦。』我說，『東方人怎麼會像西方人。』

「這可不一定。」她又問，「如果遇到，你怎麼辦？」

『我就跟她說：我是比爾，來殺我吧。』我笑了。

她也笑了，我一直很喜歡這種乾淨清爽的笑容。

我想我在台南時，一定會非常想念她的笑容。

「我會為你把頭髮留長，讓你可以看到長髮女孩。」她說。

『啊？』我很驚訝，『妳不是喜歡清爽嗎？這樣就……』

「可是你喜歡長髮女孩呀。」她笑了。

『我就說說而已，妳不要當真。』

「我要為你留長髮。」她很堅決，「一定。絕對。」

很少聽見她用堅定的口吻，而像這種雙重堅定的，更是絕無僅有。

如果失去了你

我要化成星星照耀你
無論是微笑或是被淚水沾濕的夜晚
我都會永遠在你身旁

晴蘭輕輕唱著。
那夜寒流來襲，台北街頭風聲呼呼作響。
她的歌聲被風吹散，卻清晰鑽進我耳裡。

農曆年過後，我換了工作環境，在台南上工。
我是南部人，對台南不陌生，沒有生活適應的問題。
我買了輛二手車，如果父親要到醫院回診，開車到老家接送才方便。

對新工作的第一印象，就是同事間感情不錯，很有人情味。
有天在走廊行進時，迎面走來一位女同事，一時看不清她的臉。
「你鞋帶鬆了。」她說。
我低頭一看，左腳鞋子的鞋帶鬆了。

我蹲下右腳，右膝輕觸地面，雙手重新綁緊左腳鞋子的鞋帶。
「你在向我求婚嗎？」她說。

我吃了一驚，抬起頭，與她四目交接，心臟猛然一震。

這種視線角度下，她竟然很像鄔瑪舒曼。

「是不是我不答應你就不起來？」她說。

我回過神，趕緊再低頭綁好鞋帶，站起身。

「新同事？」

『嗯。』我點點頭。

她看了看我，微微一笑就走了。

那是很淡的笑容，淡到讓我懷疑她有笑嗎？

原來這就是我第一次遇見涵貞時的情景。

如果第一眼不算，那麼我第二眼看見涵貞時就覺得她像鄔瑪舒曼。

在同一間公司上班，要遇見某個同事可能是隨時，而且突然。

第二次遇見涵貞，是在廁所門口。我要走進男廁，她從女廁走出。

「你鞋帶又鬆了。」她說。

低頭一看，又是左腳鞋子的鞋帶，慌忙間蹲下，右膝卻直接跪地。

「你又要向我求婚嗎？」她笑得很燦爛。

我應該臉紅了，匆忙綁緊鞋帶便站起身。

兩次見到她，她的笑容截然不同，像兩個不一樣的人。

只有一點沒變，就是我都覺得她像鄔瑪舒曼。

而且好像都聽到咚咚聲。

第三次看見涵貞，是在公司副總的辦公室門外。
副總有潔癖，辦公室內一塵不染，而且經常拖地。
同事們常戲稱他的辦公室是無塵室，因此進去前都會先脫鞋，
出來後再把鞋重新穿上。

我剛走出副總辦公室，正蹲著右腳綁左腳鞋帶時剛好看見她走來。
我吃了一驚，重心不穩，右膝落地，改蹲為跪。
「你真的很有誠意求婚。」她說。

我有點尷尬，綁好左腳鞋帶後，改蹲左腳準備綁右腳鞋帶時，
左膝又落地。
「我快要被你的誠意打動了。」她笑了，笑容依然燦爛。
看著她的笑臉，我又想到鄔瑪舒曼，一時之間說不出話，只是發愣。

站直身體，左小腿上曲，左手脫掉左腳鞋子，彎腰把左鞋放在地上；
站直身體，右小腿上曲，右手脫掉右腳鞋子，彎腰把右鞋放在地上。
再站直身體，右手輕敲門兩下，轉動門把開門進去。

她一連串的動作都是優雅而俐落。

「你先起來吧。」她才剛進門，探出頭來朝左膝還跪著的我笑了笑，
「我再考慮考慮。」
我回過神，把右腳鞋帶綁好，起身時左腳發麻，腳步有點踉蹌。
呆站在副總辦公室門口一會，正準備離開時，她打開門走出。
「在等我的回覆嗎？」她笑了。

「你應該去買雙沒有鞋帶的皮鞋。」她穿上鞋，依然優雅而俐落，
「這樣既不用擔心鞋帶鬆了，以後進出副總辦公室也方便多了。」
『嗯。』我微微點頭，『我很納悶，為什麼我在公司走來走去都沒人
　發現我鞋帶鬆了，妳卻一眼就看出？』

「當你看見一個人的穿著，你最先注意的地方是什麼？」她問。
『應該是上半身穿的衣服吧。』
「我不一樣。」她說，「對我來說，是鞋子。」
『鞋子？』我很驚訝。

「如果有天我去參加你的告別式，會場擺了一些你的遺物，有眼鏡、
　衣服、褲子、鞋子、皮帶、皮夾、帽子、筆、手錶、手機等等。」
她說，「你猜我最先認出什麼東西？」
『難道是鞋子？』

「答對了。」她笑了，真的有鄔瑪舒曼的神韻。

『很難想像。』我也笑了，『而且告別式這例子有點糟。』

這算是我與她第一次交談，話題是鞋子。

『妳考慮的結果如何？』我說，『我在等妳的回覆。』

「什麼？」她愣了愣。

『妳答應了嗎？』

「好。」她恍然大悟，笑了起來，笑聲非常爽朗，「我答應你。」

『感恩。』我也笑了。

我皮鞋就這一雙，穿了好幾年，平時沒保養或是擦鞋油之類的。

剛買時還散發黑色光澤，現在看起來像深灰色。

鞋帶有點長，又鬆鬆垮垮的，每次我都隨便綁一綁應付了事。

我決定聽從她的建議，去買了雙不用綁鞋帶的棕色皮鞋。

穿這雙棕色鞋上班了好幾天，沒有任何同事發現我穿新鞋。

直到在電梯口遇見她。

「唷，新鞋子哦。」她說，「很適合你。」

『謝謝。』

「可惜以後就不能看到你向我求婚了。」

『妳都答應了。』我笑了，『幹嘛還求？』

「說的也是。」她也笑了。

我低頭看了一眼新鞋，那瞬間突然醒悟。

原來我買這雙新鞋，並不是為了方便進出副總辦公室或不用綁鞋帶；

而是不想讓她看到我時的第一眼，總是那雙邋遢的舊鞋。

☆

這個像鄔瑪舒曼的女子讓我每天上班時有所期待。

不是什麼了不起的期待，只是期待可以碰巧遇見她，

說幾句話，看看她的笑臉，聽聽她的笑聲。

我甚至偶而會刻意經過她的部門，也會在一群同事中偷偷觀察她。

涵貞像是一種固體，例如方糖和冰塊。

方糖和冰塊都是正立方體，外觀和大小都差不多，但本質完全不同。

她談笑時像方糖，讓人感受到甜美；

而她安靜時像冰塊，緩緩融化時，會降低心中的浮躁。

後來我和她還有幾個同事每天一起吃午飯，這讓我的期待成真。

終於可以光明正大跟她說話，聽她的爽朗笑聲，看她的燦爛笑臉。

她很熱情大方，甚至帶點豪爽，人很健談，講話也有趣。

但她吃飯的模樣很羞澀，拿筷子的動作很優雅，扒飯時總是一小口。

而且嘴裡有食物時不會開口說話。

「你所說的愛情白痴是什麼意思？」吃完午飯後，她問。

『應該是只懂得無怨無悔付出，卻不會考慮該不該付出。』

「這樣呀⋯⋯」她想了一下，「那該怎麼解決？」

『妳每天中午都請我吃飯，就可以解決了。』

「想得美。」她笑了，「我是愛情白痴，又不是白痴。」

『如果是白痴反而比較好，什麼都不懂。』我說，『但如果是愛情白痴，即使什麼都懂，卻還是無法停止自己無怨無悔的付出。』

她似乎陷入沉思，沒有回話。

『我只是隨便說說而已，妳不要當真。』

「可是我覺得你說的很有道理。」她微微一笑，眼神很清澈。

我突然有種感覺，被她喜歡的人應該很幸福。

從此每天吃完午飯後，我和她會習慣性聊一聊。

可能只是說幾句話、開開玩笑而已，只有幾分鐘，也沒特定的話題。

但我很喜歡剛吃飽後，以她的笑聲為咖啡、以她的笑容為甜點。

每天每天，好像有某種東西，正以我無法察覺的緩慢速度，

一點一滴在心裡累積。

☆

七八個同事圍著方桌正在一起吃午飯。

「我現在 53 公斤。」涵貞說，「我要減肥，希望減到 50 公斤。」

女生的體重應該是祕密吧？而且在有男生的場合應該不可能會說吧？

「你不相信嗎？」她似乎看出我的疑惑，便問我。

『不是。』我說，『我只是在想，53 公斤的鐵和 53 公斤的女人，哪個比較重？』

「這是腦筋急轉彎嗎？」她說，「當然一樣重。」

『不。女人比較重。』我笑了笑，『因為女人會少報體重。』

「欠揍嗎？」她笑了起來，「我明天帶體重計來，當場量給你看。」

原以為她只是開玩笑，沒想到隔天上班時她真的帶來電子磅秤。

「出來一下。」她走到我辦公桌旁低聲說。

我跟著她走出辦公室，她把手裡抱著的電子磅秤放在地上。

「注意看哦。」她脫下鞋子站上磅秤，「超過 53 的話我隨便你。」

數字顯示：53.3。她的臉瞬間紅了。

『四捨五入就是 53 公斤。』我說，『妳跟 53 公斤的鐵一樣重。』

089

「鐵也是四捨五入才變成 53 公斤嗎？」

『沒錯，鐵原本是 53.4，四捨五入後才變成 53 公斤。』

「原來那塊鐵比我還重呀。」她笑了。

我也笑了起來，她的笑容很有感染力，會讓人不由得跟著笑。

「我身高 166⋯⋯」

『我相信、我絕對相信。』我趕緊說，『妳千萬不要帶身高計來。』

她看了地上的磅秤一眼，又笑了起來。

『其實妳身材很瘦，應該要吃胖一點。』我說，『千萬不要減肥。』

「我怎麼可能很瘦？」她大叫，「我屁股都是肉耶！」

『正常人的屁股都是肉。』我說。

她似乎有點不好意思，露出靦腆的笑。

「上班時不要討論身高體重。」她忍住笑，「上班要認真。」

『對。』我說，『上班時也不該大呼小叫。』

「我剛剛聲音很大嗎？」

『嗯。』我點點頭，『全公司的人應該都知道妳屁股都是肉。』

「完蛋了。」她反而笑了起來，「我沒形象了。」

她多慮了，她的形象非常鮮明，起碼在我心裡是如此。

要下班時，在電梯口碰見她。

「我真的很瘦嗎？」她問。

『嗯。』我點點頭，『如果妳穿上一件披風，就可以飛了。』

「真的可以飛嗎？」她笑了。

『可以。』我說，『但不要穿披風來上班，因為公司裡禁止飛行。』

「好。」她又笑了，很燦爛的笑容。

電梯門開了，她走進去轉身面對我，笑容始終燦爛。

我注視著她的笑容，伴隨隱約的咚咚聲，身體動也不動。

直到電梯門關上，才想到忘了搭電梯。

★

「你有女朋友嗎？」吃午飯時，涵貞突然問。

『有。』我不假思索。

空氣似乎凝結了，她臉上原本的微笑瞬間消失，上揚的嘴角也下滑。

她再度拉起嘴角試圖微笑，但力不從心，笑容有些僵。

整個過程的時間不到兩秒鐘。

其他同事起鬨說：應該要問有幾個女朋友之類的，取笑聲不斷。

但我和她完全靜止，連筷子也不動了。

我幾乎聽不見同事們的喧譁聲，卻有可以聽見她呼吸聲的錯覺。

然後我聽到清晰的咚咚聲。

從第一次遇見她開始，這段日子以來我常聽到咚咚聲。

每當看見她、跟她說話甚至只是偷偷觀察她時，都會響起這種聲音。

這聲音渾厚低沉，有時大，有時小；有時重，有時輕；

有時急促，有時和緩；有時連綿不絕，有時戛然而止。

有點像電影《大白鯊》的配樂。

我突然驚覺，這是心跳聲啊！

此刻我的心跳聲是如此激昂與澎湃，像正要發動攻擊的戰鼓聲。

難道不知不覺間，我對她動了心也動了情？

很多人的感情屬於細水長流，但有種感情像細火慢燉。

當細火慢燉時，如果不再添加木炭，細火終究會慢慢熄滅。

但如果一直添加，即使每次只是小小的一塊木炭，最後還是會熟啊。

我似乎已經持續添加木炭一陣子了，我應該當機立斷停止添加。

然而，會不會已經來不及了？

✦

晴蘭來台南找我，我們大約兩個月沒見了。

那時 Line 還沒出現，所以這段期間我們偶而用手機通話，

偶而互傳簡訊。

一看到晴蘭便發現她的頭髮變得更短，這讓我嚇了一跳。

因為我相信她說要把頭髮留長絕對是認真的，而且一定會做到。

但我不好意思開口問她為什麼反而把頭髮剪得更短？

萬一她真的忘了要留長髮，她應該會很尷尬吧？

我們在一家餐廳吃飯，她問了我在台南生活的種種。

我說一切都沒問題，只是父親這陣子進出醫院比較頻繁，

常需載他到醫院複診，之後送他回家，因此我會較忙。

等過陣子父親的病情穩定了，我就可以常去台北找她。

我並沒有多問她在台北的狀況，我知道她一切都沒變。

因為她今天的穿著，依然是她最喜歡的文心蘭的顏色。

吃完飯我開車送她到高鐵站，一路上只是閒聊。

我還說父親心肌梗塞後改吃素，母親也跟著吃素。

所以我回老家時，也只能吃素，但我不太習慣。

「如果你習慣了吃素，就可以去修行了。」她說。

『如果去修行，或許就能勘破情關吧。』我說。

「勘破情關？」她很納悶。

『沒事。』我笑了笑，『隨口說說而已。』

我竟然在跟晴蘭對話的過程中，莫名其妙想起涵貞。

這讓我心頭一緊，有些不知所措。

「你還真能忍，竟然能忍到現在都不問。」她突然說。

『什麼？』

「你怎麼不問我為什麼頭髮變短了？」她笑了起來。

『不敢問。』我也笑了。

她笑說原本她留了兩個多月頭髮，但發現髮型有些亂，

髮型設計師告訴她如果要留長髮，最好先把頭髮剪短打薄後再留，

這樣以後頭髮長了才好看。

「所以我先把頭髮剪成這樣。」她說。

『原來如此。』

「我大概至少要留一年半頭髮吧。」她說。

『這麼久？』我很驚訝。

「是至少哦。」她說，「我原本的頭髮很短，需要長一點的時間。」

『妳喜歡清爽，短髮又好看。既然留長髮要那麼久，不如……』
「我要為你留長髮。」她打斷我，「一定。絕對。」

到了高鐵站，她要下車了。
她身上的蘭花香氣依舊濃郁，我很捨不得離開這種味道。
「要好好照顧自己哦。」她摸摸我的頭。
『嗯。』我點點頭，『妳也是。』

我突然有股衝動，想告訴晴蘭關於涵貞的事。
但始終說不出口。

連續幾天的午飯時間，我刻意低調，盡量不說話，只專注眼前飯菜。
即使必須說話，眼睛也盡量不要朝向涵貞。
即使必須對著涵貞說話，眼睛也……
不知道，大概是盡量不要直視。
一切都只能「盡量」。

我只能盡量做到不添加任何木炭，讓細火可以慢慢熄滅。

有天午餐後她提個大紙袋叫住我，然後引領我到公司裡僻靜的角落。

正納悶時，她從紙袋中拿出像浴巾之類的東西，綁在脖子上。

真的是條大浴巾，但綁在脖子上披在背後就像披風。

「你騙人。」她把雙手當翅膀上下擺動，「根本飛不起來。」

我完全愣住，只是呆呆地看著她。

好像有人經過，她迅速脫掉披風，假裝若無其事。

『妳自己也知道這樣很丟臉吧。』我忍不住笑了。

「對。」她也笑了，「好像很丟臉。」

我們都笑了起來，笑聲的回音在公司裡流竄。

「你會騙人。」笑聲停止後她說，「對吧？」

『會飛的事也許算。』我說，『但我有女朋友，這點沒騙妳。』

她沒接話，突然沉默的氣氛有些尷尬。

「就這樣吧。」她打破沉默，「要認真上班了。」

『嗯。』我說，『既然要上班，那就把仙女的羽衣收好吧。』

「羽衣？」

『妳想回天上嗎？』我問。

「你在說什麼？」她很疑惑。

『如果妳想當人，那就收拾好仙女的羽衣。』我指著那條大浴巾，
『如果妳想回天，那就減到 50 公斤，然後穿上它飛回天上。』
「你就喜歡說這些有的沒的。」她笑了起來。

『妳要回天上？』我問，『還是留在人間？』
「嗯……」她想了一下，「人間。」
『那就不要減肥了。』我說，『而且要趕快把這條浴巾藏好。』
「好。」她又笑了，「但這條叫做羽衣，不是浴巾。」
『對。』我也笑了。

她將浴巾仔細折好，輕輕收入紙袋裡。
看著她的燦爛笑臉，我彷彿看到又有一塊木炭正投入細火中。

「端午節到我家烤肉。」涵貞說，「我還約了好幾個同事。」
『端午節是吃粽子吧？』
「想烤肉就烤肉，管它什麼節日。」
『端午節我要回老家陪父母。』我試著婉拒，『妳們好好烤肉吧。』

「那不要在端午節當天，就提前幾天烤肉吧。」她說。

『啊？』

「我媽會包肉粽，我請她包一串給你，你端午節回家時拿給父母。」

『謝謝妳的好意。』我說，『但不用了，因為我父母都吃素。』

「真巧。」她說，「其實我媽最拿手的，就是素粽。」

『不會吧？』

「我媽包的素粽超好吃，你父母一定會喜歡。」

『這……』

「來呀，再來呀。」她笑了起來，「還有沒有什麼婉拒的理由？」

『好像沒了。』我苦笑著。

她笑得很燦爛，每當看到她這種燦爛笑容，

感覺就會有好幾塊木炭投入細火中。

「那就說定了。」她說，「端午節前一週的週六晚上來我家烤肉。」

『喔。』我只好應了聲。

「如果你沒來，我立刻就穿上那件羽衣飛回天上。」她說，

「讓你從此以後再也看不到我。」

『千萬不要！』我竟然脫口而出。

我覺得不該說這句話，而她可能覺得有點尷尬，於是我們同時沉默。

「為什麼仙女下凡後的第一件事就是洗澡呢？」她打破沉默。

『妳說得對耶。』我想了一下，『好像真是這樣。』

「難怪仙女的羽衣看起來也像是浴巾。」她笑了，「這樣洗完澡後
　就可以馬上披在身上。」

『很有道理。』我也笑了。

「但是羽衣都會被凡間男子藏起來。」她說。

『沒錯。』我說。

「所以仙女只能留在人間。」

『嗯。』

她似乎正在思考，而我不想打斷，於是我們又沉默了。

「你不用擔心。」她又打破沉默，「我會留在人間。」

『謝謝。』

「何況我已經答應你了……」

她微仰起頭看著遠方，眼神很清澈，喃喃自語。

我先是愣了一下，不懂她答應我什麼？隨即想起是那個求婚的玩笑。

恍惚間我看到燒紅的木炭正在熬煮一鍋東西，

而我不由自主又添加了幾塊木炭。

涵貞的家在市郊，有四棟透天厝連在一起，她家是最左邊那棟。
其他三棟住的都是親戚，這四棟共用庭院，因此院子很寬敞。
庭院裡兩組烤肉架已擺設好，木炭微紅，差不多可以烤了。

同事們進去她家簡單寒暄後，準備出門到院子裡烤肉。
「你等一下。」她叫住我。
我停下腳步，看著她上樓拿了那天裝浴巾的紙袋走下樓。

「這件羽衣給你。」她說，「你把它藏好，不要讓我找到。」
我很納悶，伸手接過紙袋。
「這樣你就不用擔心我會穿上它飛回天上。」

我注視著她，她原本臉上掛著微笑，漸漸有些窘態和不知所措。
她想逃避我的視線，於是把臉轉開。
但動作太大了，往左、往右轉開臉時，都超過 90 度。
最後甚至把頭完全低下，我只能看到她的頭頂和後腦。
「哎呀！」她大聲說，「就這樣啦！你不要再看著我了。」

「既然答應了你，我就會留在人間陪你。」她的臉幾乎埋在雙腿間，
「如果有天你不要我了，你就把它還給我。」
『我會把這件羽衣藏起來，讓妳永遠找不到。』我說。

她緩緩抬起頭，但只抬了一半剛接觸我視線，又迅速低下頭。
「好。」她輕聲說。

看著她烏黑發亮的頭髮，我聯想到木炭，突然一陣驚慌。
遇見她以來，有意無意之間持續添加木炭，
那麼這種細火慢燉的感情，會不會已經熟了？

「熟了！」院子裡有人高喊。

我大驚失色，彷彿心裡有座城門的防禦工事已經瓦解，
而敵軍正準備長驅直入。

一陣頭痛。
好像是硬要揭開大腦查看逸失記憶時所造成的痛楚。
影像快速掠過，有的清晰，有的模糊，而且交融在一起。
彷彿是天線沒調整好的老式電視機畫面。

頭痛持續著，影像不斷晃動，聲音很雜亂。

有時是晴蘭的來電鈴聲：無論多麼悲傷的事，我都將替你化成微笑。

有時是我與涵貞的談笑聲。

但聲音受到干擾，聽不到完整的內容。

影像漸漸穩定下來，雜亂的聲音也消失，緩緩浮現公司所在的大樓。

烈日當空，萬里無雲，是個紮紮實實的大晴天。

「聽你同事說，你交了新女友？」

晴蘭突然出現在眼前，我心臟差點跳出胸腔。

「你可以解釋嗎？」晴蘭問。

我一句話都說不出來，滿面羞愧，無地自容。

我低下頭，注視著黑底白條紋的大理石地板，紋路讓我想到蜘蛛網。

但白色條紋正漸漸變黑。

「你喜歡就好。」她長長嘆了口氣，「雖然困在蜘蛛網的小蟲被蜘蛛
　吃掉了，但我還是站在蜘蛛那一邊。」

我依然說不出話，心想：原來我也是蜘蛛啊。

「果然是個大晴天呀。」她最後說，「我們以後不要再見面了。」

我反射似的抬起頭，她正轉頭而去。

我視線由下而上，她視線由左往右，只交會匆匆一瞥。

但只需一瞥，便足以讀取她的傷心欲絕。

明明是個晴朗的天氣，我眼前卻是一團漆黑。

☆

眼前的黑霧緩緩消散，露出一點光亮。
隱約聽到同事們說話的聲音，還有涵貞的聲音。
最終黑霧完全散去，我正坐在方桌前，跟同事們一起吃午飯。

「你又挑食了。」涵貞說，「怎麼沒吃綠色花椰菜？」
我看著飯盒內只剩下的三根綠色花椰菜，
腦海裡浮現小時候看見綠色花椰菜裡蟲子蠕動的畫面。
但突然想起我是蜘蛛啊，蜘蛛當然可以吃蟲子。
便重新拿起筷子，夾起三根綠色花椰菜都塞進嘴裡，大口吃掉。

涵貞有點驚訝，似乎覺得我的動作有點詭異，愣愣地看著我。
『我是比爾，來殺我吧。』我竟然笑了。
她更驚訝了，但只是看著我，不發一語。

「我們蹺班吧。」沉默一會後，她說。

『蹺班？』我嚇了一跳。

「嗯。」她說，「我現在很想去看看大海，跟海說說話。」

現在正值盛夏，又是中午時分，海邊應該超級無敵熱吧？

『好。』我還是說。

我們蹺班離開公司，開了半個鐘頭的車到海邊。

太陽很大，天氣很熱，沙灘上果然沒半個人影。

即使是想跳海自殺的人，應該也不會挑這個季節的這個時候到海邊。

走到離海浪拍打盡頭前三公尺，她坐了下來，我跟著坐在她身旁。

她看著大海，嘴唇不時一張一合，似乎正在說話，卻沒聽見聲音。

「你還好嗎？」她轉頭問。

『應該還好吧。』我嘆口氣。

「可是我真的很怕很怕……」她眼角竄出了淚，滑過臉頰。

『妳怎麼了？』

「我很怕你難過。」她的眼淚突然傾瀉而下、奔流不息。

她蜷縮著身體，雙手抱著雙腳，膝蓋夾著臉，像隻膽小受驚的貓。

我第一次看到她這種膽小又害怕的模樣，想安慰卻不知從何做起？

「沒事。」她停止哭泣，抬起頭說，「我只是愛哭而已。」

看著她臉上的淚痕，我伸手想撫慰，手卻停在半空。

「你不要難過了。」她說，「都是我的錯。」

她突然站起身，往大海走去，直到海水淹至膝蓋。

『妳不是怕水嗎？』我在她背後喊，『不要再往前了！』

她轉頭看著我，似乎沒聽清楚被海浪聲所掩蓋的我的叫聲。

怕水的是晴蘭，這種大太陽的晴朗天氣也適合晴蘭。

但此刻泡在海水裡的是涵貞。

涵貞轉頭又往前走了幾步，海水已經淹至大腿。

「對不起！」她雙手圈在嘴邊大喊。

「對──不──起……」

她一遍又一遍朝大海高喊，幾乎聲嘶力竭。

在陽光照射下，她淚流滿面，淚光閃爍。

我站起身，也走進海水裡，也想用盡所有力氣高喊對不起。

但我一張口，卻始終喊不出對不起，只有伊呀伊呀的嘶啞聲。

🕷 🕷 🕷 🕷

『對不起！』我終於喊出聲音。

睜開眼，發現自己躺在床上，臉頰兩邊好像各有一條淚痕。
伸手一摸，還是濕的。
而我渾身癱軟，似乎已用盡所有力氣。

很多記憶的碎片，終於因為拼湊起來而還原真相。
原來那時涵貞提議蹺班去看看大海，並不是因為突然有調皮的念頭，
而是在自責的心情下，想跟我或晴蘭或全世界說對不起吧。

我也明白晴蘭會在那年七夕情人節突然來找我，
主要是因為前一年七夕我送給她 99 顆倒地鈴種子，
所以她想在隔年七夕給我一個大大的驚喜。
只可惜不是驚喜，而是驚嚇。

夢裡很多影像快速掠過，也有一些影像幾乎是定格。

那首〈雪の華〉歌聲，無論是手機鈴聲或是晴蘭唱的，都非常清晰。
甚至現在還可以清楚聽到晴蘭在我耳邊唱：
「無論多麼悲傷的事，我都將替你化成微笑。」
晴蘭想將我的悲傷化成微笑，我卻將她的微笑變為悲傷。

電影《全面啟動》裡提到，真實世界中的幾個小時，
可能是夢境中的幾天甚至幾個月。
夢裡我有時似乎保有意識，就像那種所謂的清醒夢；
有時只是單純讓夢拉著我走，走到任何場景。
回想整個夢境，雖然時間不是連續的，而是斷斷續續，
但所有片段橫跨的時間總共是五年十個月。
原來從初識晴蘭算起到跟她分手，大約是六年。

相逢如初見，回首已一生。
我和晴蘭在夢中的相逢就是。

在夢裡晴蘭的笑容和笑聲，還有她身上的蘭花香氣，都是那麼真實。
我似乎都很熟悉，卻也有像初識時的陌生。
彷彿上輩子明明刻骨銘心經歷過，但這輩子卻是毫無記憶的茫然。

「我都沒變，還是你的蘭花呀。」晴蘭的聲音依稀在耳畔響起。
『妳就是我最喜歡的文心蘭。我的蘭花。』我激動的聲音也響起。

曾經的深刻與濃烈，竟然都在大腦合理化的過程中消逝。

以前回想起晴蘭時腦海裡常莫名其妙浮現一朵黃花，
現在終於知道那是文心蘭。
那朵盛開時宛如穿著黃色長裙翩翩起舞的女子，花形既特別又好看。
我以前打從心底認為晴蘭就是一朵清新脫俗的蘭花，
而她身上淡淡的香氣就是蘭花香。
從今以後我一定要保有這種認知，不再讓大腦改變。

在麥格克效應的實驗中，眼睛看到高個子的嘴型「ga-ga」，
耳朵接收到的卻是矮個子發出的「ba-ba」，
於是我們都聽到錯誤的「da-da」。
但如果閉上眼睛，就能聽到正確的「ba-ba」。
原來有時為了要認清事實，反而得閉上眼睛。

算了算，十年前 6 月涵貞成了我女友，而晴蘭 8 月才跟我分手，
所以晴蘭和涵貞有兩個月的重疊期。
但我想不起來那兩個月的心情或記憶，幾乎一片空白。
我想大腦一定已湮滅證據，就像湮滅命案中最關鍵的物證。
忘了也好，如果一旦想起那兩個月中我與她們兩人的互動，
我一定會極度憎惡我自己，也會陷入自責的深淵。

如果沒有昨晚烤肉時涵貞的說法，我幾乎忘了她像鄔瑪舒曼這件事。
原來我和涵貞之間應該不算是日久生情，或許也談不上是一見鍾情，
但起碼第一次遇見她時就覺得她像鄔瑪舒曼，而且似乎心動了。
然後感情就像細火慢燉，火雖小但持續添加木炭，終究還是熟了。
大腦不希望我以涵貞像鄔瑪舒曼為由對涵貞動心，進而背叛晴蘭，
因此拒絕這種認知。

大腦總是努力合理化我的行為，而心始終單純而固執。
雖然涵貞也住進我的心，但或許只被當成客人吧。
大腦認定涵貞必須是真愛，這樣我選擇涵貞才會合理；
而心在已經住著晴蘭的狀況，與剛進門的涵貞形成拉鋸。
即使大腦說服我選擇涵貞才合理，可是我的心還沒有完全接納涵貞。

跟涵貞還是男女朋友那段期間，每當我注視著身旁的涵貞時，
偶而突然有一種違和感，甚至是陌生感。
那時心裡會出現問號：她是誰？她為什麼在這裡？我們是一對嗎？

而我愛吃的烤牡蠣要多烤 20 秒，還有必須是雞血做成的米血，
都埋藏在心的角落裡只屬於晴蘭的空間，不讓涵貞觸碰。
我這種心情，細膩的涵貞或許感受到了，
所以她一直很想知道我到底愛吃什麼？

我不知道愛情占我內心的多少％，但即使大腦已封印晴蘭，
我仍然沒有百分百對待涵貞。
晴蘭始終在我心裡，於是我不知不覺間也當起涵貞的鸚鵡。
而我自以為可以證明對涵貞是真心的「妳喜歡就好」這原則，
竟然是晴蘭留給我的，連「收集快樂」的梗也是。
即使到今天為止，涵貞依然不知道我其實不敢吃綠色花椰菜。
看來我不僅對不起晴蘭，我也對不起涵貞。

手機突然響了一聲，拿起手機一看，快中午了。
有人傳了 Line，是涵貞。
「你還好嗎？」

與涵貞分手後，除了每年約烤肉和逢年過節傳的祝賀貼圖外，
我們從未用 Line 互傳訊息。
此時這簡單一句：你還好嗎？
讓我感慨萬千。

『還好。』我回傳。
「頭會痛嗎？」
『不會。』
「那就好。」
我簡單傳了「謝謝」的貼圖表達感謝關心，她回傳「欠揍嗎」貼圖。

『妳昨晚有喝醉嗎？』我傳。

「我也喝醉了。你走後沒多久，我就吐了。」

『妳以後還是少喝點、喝慢點。』

她傳了「Yes，Sir！」的貼圖。

我正在想著回傳什麼貼圖時，她又傳：

「我想把 Line 的頭像換成鄔瑪舒曼的相片。你覺得呢？」

『很好，但要用十幾年前的鄔瑪舒曼相片。現在的鄔瑪舒曼老了，
　而且似乎整型過，已經不像現在的妳了。』

「那現在的我像誰？」

『依然像《追殺比爾》中的鄔瑪舒曼。』

她傳了「微笑」貼圖。

我想對話應該結束了，但過了一會她又傳：

「53 公斤的鐵和 53 公斤的女人，哪個比較重？」

『當然是鐵。』

「沒錯。已經不用四捨五入了，我現在 51 公斤。再減 1 公斤，
　穿上羽衣後就可以飛回天上了。」

『其實對我而言，不管有沒有那件羽衣，妳早已飛回天上了。』

她可能不知道怎麼回吧，我也覺得有點尷尬，便再傳：

『51 公斤真的太瘦了，妳應該要努力比 53 公斤的鐵還重。』

「嗯。」她馬上回。

然後我傳了「加油」的貼圖，她回傳「沒問題」的貼圖。

Line 的交談到此結束。

我下了床，在房間裡找了半天，終於在衣櫃最底層找到那件羽衣。

但它就只是條浴巾，我今晚就要開始拿來用了。

乾脆沖個澡吧，不用等到晚上。

我下床去沖澡，沖完澡後拿這條浴巾擦乾身體，還滿好用的。

然後坐在桌子前，拿出筆記本和筆。

我不想再讓大腦因為合理化我的行為而改變我的認知與記憶，

所以我把夢境裡所呈現的和無意間被挑起的正確回憶記錄下來，

讓晴蘭與涵貞的真實樣貌可以保留下來。

我很努力寫下具體的事件，鉅細靡遺，尤其是時間點。

寫的差不多時，我突然有股衝動想知道晴蘭的近況。

打開電腦，用「李晴蘭」當關鍵字，從眾多李晴蘭 FB 中，

找到唯一能代表文心蘭的晴蘭。

主頁的相片是晴蘭與一個小女孩在泳池旁展露燦爛的笑臉。

看了其他相片和貼文，才知道那個小女孩是她的五歲女兒。

晴蘭還是俐落的短髮，沒想到怕水的晴蘭已經可以開心玩水。

或許在那次北海岸玩水後，她就不再怕水了。

『沒塗腮紅。』凝視相片上的晴蘭許久後，我脫口而出。
但已經無法輕啄她臉上自然的紅了。

還有一則貼文寫到：
女兒原本很怕打雷，但晴蘭說了閃電和雷的愛情故事後，
女兒從此就不怕打雷了。
晴蘭說這故事是一個老朋友告訴她的，沒想到對她有用、
對女兒也有用。

我成了晴蘭口中的「老朋友」，聽起來還不錯。
這個我當初瞎掰的故事，應該會這麼流傳下去，
成了我和晴蘭之間曾經存在過的見證。

我繼續看晴蘭 FB 的貼文時，總壓抑著想留言的衝動。
已經過去了這麼多年，留言只是徒增困擾。
留言？

我想起來了，分手後一年多晴蘭曾經寄信給我，寄到老家。
那封信我記得一開頭好像寫：

「讓你享受一下在 FB 留言如此方便的年代，還能看見郵票貼在
　信封上的畫面。」

我抓起車鑰匙，直接衝下樓。

☆

開車回老家時，一直試著回想那封信的內容，但始終想不起來。
除了開頭那段外，我只想到她也寫：
「我這封信寫得很慢，因為我知道你看字不快。」
我不禁笑了出來。

回到老家，幾乎把家裡翻了一遍，但實在沒頭緒信會在哪？
我猜也許當初看完後就丟了，但還是想找找看。
母親問我在找什麼？我據實以告。
那年中秋節晴蘭來老家過節，母親對她的印象很好，
母親曾以為晴蘭將來會是她的媳婦。

沒想到母親竟然拿出一張相片。
她說我當初看完信後就放著不管，她把信封中的相片收藏起來。
至於那封信，這麼多年過去了，她也不知道在哪？

我一看相片就想起來了，這張相片我看過，是長髮的晴蘭。

相片中的她一頭長髮，髮長幾乎到腰，非常飄逸。

拍照的時間是分手後隔年的 12 月 31，也就是晴蘭的生日。

算了算時間，頭髮起碼留了一年 8 個月。

相片中的背景是 101 大樓，她應該是去跨年吧。

我彷彿身歷其境，耳畔響起那年 101 大樓射出高空煙火的爆炸聲，

而我和短髮的晴蘭正一起仰頭看著璀璨的夜空。

相片背後，她留了兩段話，上面那段是：

「我終於明白想為了某個人做些什麼的心情，原來就是愛。」

我知道這也是〈雪の華〉歌詞。

當初我離開台北要到台南工作，她只是單純想為了我把頭髮留長。

即使後來分手了，她依然說到做到。

下面那段是：

「茫茫世事裡，我要你記得曾經有個女人為了你而留長髮。

　　然後，也許我就可以轉身，把你忘掉。」

我心裡一陣劇痛。

當初我看到這張相片時，一定也有這種痛覺，
所以大腦隱藏了我看過這張相片的記憶。
但心痛的感覺卻是依舊。

凝視長髮晴蘭的相片許久，腦中又浮現一段遺失的記憶。
應該是一月中旬左右，我收到這張相片後沒幾天。
那天我和涵貞並肩坐在沙灘上看夕陽聽音樂時，她突然轉身抱住我。
「跨年那晚，你陪我去市政府跨完年後，我只說很想看新年的第一道
　　陽光，你二話不說立刻開四小時的車帶我去台東看元旦的日出。」
涵貞紅著臉低聲說，「你很寵我，對我超好，應該真的很愛我吧。」

我想起跨年時晴蘭拍了那張留長髮的相片，想起晴蘭的用心，
突然被一股罪惡感的洪流淹沒，心裡也強烈感受到晴蘭的存在。
『也許我……』我嘆口氣，『我可能沒妳想像中那樣愛妳。』
涵貞聽完後身體一震，鬆開抱住我的雙臂。
然後她緩緩取下塞在她右耳的耳機頭和我左耳的耳機頭，
像是切斷我和她之間。

那是我最後一次跟涵貞並肩坐在沙灘上看夕陽聽音樂。
之後她跟我獨處的機會急遽減少。
以前老是不懂為什麼交往一年半後，涵貞突然變得很少跟我獨處。
原來這也是我造成的。
與晴蘭分手後一年多，突然收到長髮晴蘭的相片讓我有感而發，

卻在無意間傷了涵貞的心。

昨晚涵貞說她曾想過要跟我分手，也許是因為這緣故吧。

我收好這張相片，想出門看看海。

瞥見原本是棕色但現在像土黃色的鞋，又想起了一些記憶片段。

當初買這雙鞋是不想讓涵貞看到我時的第一眼，總是邋遢的舊鞋。

跟涵貞還是男女朋友時我幾乎天天擦拭這雙鞋，分手後就不再擦了。

即使鞋子已經很髒、外型也鬆垮，甚至連鞋底都破了，

我還是選擇黏個新鞋底而不是丟棄。

這應該表示我心裡依然捨不得涵貞吧。

穿好這雙鞋，開車到海邊，把車停好，走到海堤上坐下。

想起那年中秋夜，在皎潔月光下，我和晴蘭並肩坐在海堤上看海。

我深深吸了一口氣，好像可以聞到當時她身上濃郁的蘭花香氣。

「我很想以後每天跟你這樣坐著看海。」晴蘭那時說。

『不會嫌無聊嗎？』

「不會。」她笑了笑，「幸福就是簡單。簡單就是幸福。」

『那就一直當我的蘭花吧。』我說。

「好。」她說，「直到凋謝為止。」

右手摟住晴蘭的腰，她將頭靠在我右肩，我被滿滿的蘭花香籠罩。

烏雲慢慢聚攏，天色漸漸變暗，隨時可能會下雨。

海面上空突然劃過閃電，幾秒後轟隆一聲巨響，我嚇了一跳。

「我在這兒！」晴蘭的呼喊聲隱藏在雷聲中。

我下意識站起身，四處尋找晴蘭。

雨嘩啦嘩啦下了，是滂沱大雨，四周一片白濛濛。

閃電終於找到雷了，可是我卻找不到晴蘭的蹤影。

我渾身濕漉漉上了車，關好車門，閉目沉思。

和晴蘭在一起時，我是Ａ；和涵貞在一起時，我是Ｂ。

Ａ和Ｂ的樣子不一樣，而且互相不認識。

然而從今以後，我會是Ａ？還是Ｂ？

還是變成Ａ加Ｂ的綜合體Ｃ？

或是變成既不像Ａ也不像Ｂ的新個體Ｄ？

「天涯海角。」涵貞說。

我睜開眼睛，恍惚間看到涵貞坐在副駕駛座。

那是我待在那間公司的最後一天，下班時涵貞說要陪我。

『去哪？』我問。

「你還記得第一次幫你慶生那晚，我們躺在墾丁沙灘上看星星時，
　我在你耳邊說的話嗎？」

『妳說了很多耶。』

「那你知道最重要的是什麼嗎？」

『嗯⋯⋯』我笑了笑，『妳說的話都很重要。』

「將來不管你到哪，我就跟到哪。」涵貞說，「天涯海角都一樣。」

『真的嗎？』

「真的。」涵貞笑了，「但我不是真假的真，我是貞烈的貞。」

我靜靜注視著她，心裡感受到濃烈的暖意。

她拿出手機，打開定位，開啟 Google 地圖，將手機湊近嘴邊。

「天──涯──海──角。」涵貞一字一字說，發音很清楚。

叮咚一聲，位置竟然找到了。

她把手機架在方向盤右前方，固定手機，調好角度讓我可以看到。

「走吧。」她笑了。

突然又一聲響雷，我彷彿又聽到晴蘭高喊：「我在這兒！」

但透過車窗玻璃往外看，根本沒半個人影。

轉過頭，涵貞也消失在副駕駛座。

心頭一酸，眼淚就滴在方向盤上。

天地茫茫，海風呼號，雨聲震耳。

我發動車子，握著方向盤，卻不知道要開往何處？

～ The End ～

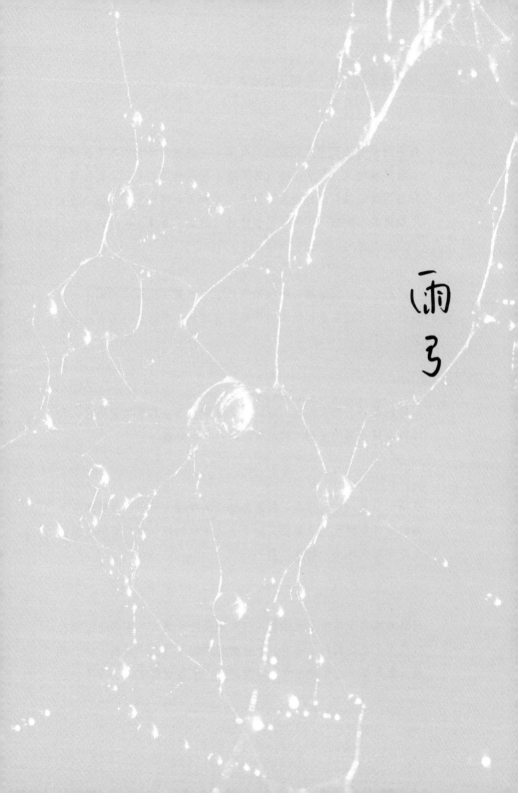

雨
弓

你聽過男人、女人和獅子的故事嗎？

據說這是發生在中世紀歐洲的故事，有個絕世美女不僅美貌無雙而且氣質超凡，很多王公貴族與富豪都對她傾心不已，這些男人非富即貴而且相貌皆是英挺帥氣。然而美女卻很困擾，因為她並不知道自己愛誰？也不知道這些熱情的追求者誰真的愛她？

她終於想出一個辦法，她在家裡放了一隻關在鐵籠裡的獅子，然後召來所有追求者。她拿出手帕丟進鐵籠，手帕正好落在獅子面前的地上。

「你們每個人都說愛我，但誰敢走進鐵籠裡撿起手帕還給我，我才知道誰是真的愛我，我就會嫁給他。」她說。

在場所有男人面面相覷，都露出恐懼的神情。面對凶猛的獅子，誰敢拿性命開玩笑？美女又說了一次同樣的話，但男人們雙腳還是牢牢釘在地上，動也不動。

突然有個男子快步走近鐵籠，打開鐵籠跨步邁進。在獅子注視的目光下，他走到獅子面前彎下身撿起手帕，再退步走出，關上鐵籠，最後把手帕還給美女。幸運的是，整個過程中獅子除了發出

低吼外，竟然沒有攻擊。

在這群人之中，撿手帕的男人不是最富有的，也不是最尊貴的，更不是外表最帥氣的。但美女一拿到手帕便很感動，說：「你是真正愛我的男人，我愛你，我要嫁給你。」

男人卻只是淡淡一笑，微微向女人點頭行禮，然後轉身頭也不回離開。

♌

農曆年末的聚餐，九男三女坐滿一大圓桌，桌上盡是佳餚美酒。
我們這群人是感情很好的同事，尾牙前後總會相約一起吃頓飯。
席間杯觥交錯，大家把酒言歡，氣氛很歡樂。

公司算是公設的大型研究機構，部門很多，員工也超過八百人。
每年的尾牙宴總是席開百桌以上，彷彿廟會的大拜拜。
雖然熱鬧，但除了期待摸彩外，好像只是吃一頓流水席而已。
從六年前開始，我們額外再吃一頓尾牙，這頓純粹是老友間的聚會，
可以吃得盡興、聊個痛快。

我們這群人分屬公司的四個部門，原本應該很少有交集，
直到六年半前有個跨部門的計畫案，由我們 12 個人負責執行。
案子的成果很豐碩，不僅得到公司的獎勵，我們也建立了革命情感。
結案的日子大約是那年的尾牙，於是一起聚餐當慶功宴兼尾牙宴。
爾後每年尾牙前後都會相約聚餐，餐後還會續攤。

以往聚餐氣氛總是熱烈，歡笑聲不斷，桌上的菜餚似乎也跟著沸騰。

今年的氣氛依舊熱烈，我們之間的情誼並沒有因時間流逝而變淡。

不過對我而言，今年有一點必須要改變：

我的目光會刻意避免朝向某個人，而且不能讓其他人察覺我的刻意。

如果以時鐘來比喻，我坐在 8 的位置，正對面是 2。

要避開的她坐在 12 的位置，因此我的視野集中在 1 到 5 之間。

我往右轉頭可與 6、7 交談；往左轉頭可與 9、10 交談。

但我不能與 11 交談，因為只要視線對著他，便很難避免接觸 12。

所以 11 算是遭受池魚之殃，我很抱歉。

在這種彼此之間都很熟識且互動性非常高的歡樂場合，

要讓其他人完全察覺不出你竟然刻意避開某人的異樣，

這需要很深的演戲火候，才能精準而到位，不讓人產生一絲懷疑。

這種戲我已經演了六年，經驗豐富。

只不過以前不必避開 12，只要降低與她目光相對時我眼神的溫度；

還有跟她互動時，必須掌握只是好友好同事的分寸，不能踰越半分。

雖然今年的挑戰更艱鉅，必須不與她目光接觸也不互動，

但經過六年的磨練，我的演技越來越精湛，無懈可擊。

我甚至相信我可以拿奧斯卡金像獎。

「小白。」坐在 12 的她說，「我敬妳。」

小白不是狗，是坐在 1 位置的女子。

今晚 12 的聲音，對我而言幾乎都是畫外音。

畫外音是電影術語，意思是發生在畫面之外的聲音。

我眼前的畫面總是避開 12，因此她的聲音對我而言就是畫外音。

她敬酒的聲音雖然低而且輕，卻讓我心頭一驚。

她今晚已說了很多話，每當聽到這種畫外音總讓我心跳加速；

幸好我的演技精湛，即使心跳加速，也無損於我的冷靜表現。

但敬酒不同，依她的習慣，可能會逐一敬酒，那麼總會輪到我。

輪到我時該怎麼辦？

從 1 開始，依順時針方向，她大約每隔兩分鐘舉一次杯敬酒。

2、3、4、5、6……

我越來越緊張，越提醒自己要演好即將到來的驚險畫面。

然而五分鐘過去了，她並沒舉杯敬 7，而是停在 6。

十分鐘後我開始放鬆，但她突然舉杯敬 11。

在我納悶時，兩分鐘後她又舉杯敬 10。

然後就不再主動舉杯找人敬酒了。

我終於明白她跟我一樣，今晚也是刻意避開坐在 8 位置的我。

我和她在過去很少有默契，沒想到今晚竟然這麼有默契。

而同樣演了六年戲的她，演技像我一樣精湛，甚至更好。

她敬酒時不是唯一避開我，而是拉 7 和 9 下水；

敬酒的方向也包含順時針和逆時針。

這樣旁人會覺得正常，即使有人察覺異樣，也不會認為她只針對我。

雖然鬆了一口氣，但心裡有些失落。

畢竟被她刻意避開，我會難過，也會有點痛。

我和她曾經無話不談，也曾相知相惜，更曾相約要廝守，

怎麼會走到這地步？

「揚宏。」坐在 11 位置的人說，「來，乾杯。」

我反射似的轉頭朝向 11，目光也接觸坐在 12 的她。

突然一陣恍惚，眼前的畫面定格。

11 高舉的玻璃酒杯反射出絢爛光彩，像是彩虹。

但我總是把彩虹叫雨弓。

坐在 12 的她，就是雨弓。

ΩΩ

其實冬天不適合回憶，因為如果不小心想起感傷的事，
會讓你打從心底覺得冷。

但當我目光接觸坐在 12 的她時，許多過往的影像片段迅速掠過。
這些影像既模糊又殘缺，而且像 4 倍速播放的影片，也許更快。
曾經以為這些影像已從記憶中消逝，沒想到依然紮實地存在。
甚至拉我陷入回憶的漩渦。

她叫龔羽婷，大家理所當然叫她羽婷。
也有人叫她小羽、小婷，甚至有人叫她婷婷。
「但就是沒人叫我羽羽。」她說。

聽她這麼說，我原本要叫她羽羽，但想了一下便作罷。
「為什麼作罷？」她問。
『如果叫妳羽羽，我就只能叫熊掌了。』
「嗯？」
『因為大家都說魚與熊掌。』我說。

「北七。」她笑說。

北七是白痴的台語發音，也是她的口頭禪。

她把自己 Line 的名字取為：羽婷不想雨停。

「人家通常叫我羽婷，但我喜歡下雨，偏不希望雨停。」她說。

我覺得這名字太長，在手機上看起來有點礙眼。

幾經思考，便在我手機上把她 Line 的名字修改為：雨弓。

我只修改她 Line 的名字，並沒有在對話中稱呼她雨弓。

直到有次傳給她我們之間 Line 對話的截圖，她看到了雨弓。

「為什麼叫我雨弓？」她傳。

『妳叫龔羽婷，龔羽倒過來念，就是雨弓。』我回。

「哦。」她又傳，「但雨弓是什麼？」

『雨弓就是彩虹，英文叫 Rainbow，bow 就是弓。』我回，

『可是叫彩虹或 Rainbow 有點俗氣，乾脆叫妳雨弓。』

她傳來一張「哇！」的貼圖。

「我超喜歡雨弓這名字。」她傳。

『那我以後就叫妳雨弓。』我回。

「但你只可以私下叫我雨弓，不能讓別人知道。」

『好。』

「我也絕對不會讓任何人知道我還有個名字叫雨弓。」

幾天後，她禮尚往來，把我 Line 的名字改為：Redsun。

『願聞其詳。』我傳。

「你叫蔡揚宏，揚宏倒過來念，就是紅陽。」她回，「紅紅的太陽，
　就是 Redsun。喜歡嗎？」

『喜歡。』

「只有我會私下叫你 Redsun，你也不能讓別人知道你叫 Redsun。」

她似乎瘋狂喜歡上這種我唯一叫她、她唯一叫我的「唯一」感。

或許因為「唯一」這東西並不存在於我和她之間，

所以在私底下的稱呼享受唯一，是非常奢侈的幸福。

『可是太陽和雨弓，會不會衝突？』我傳。

「不會，而且雨弓需要太陽。因為雨後陽光一照，才會有雨弓。」

『妳說的對。雨弓。』

「謝謝。Redsun。」

從此雨弓和 Redsun，在 Line 的世界中活躍。

我和雨弓是怎麼開始的？

用「開始」形容並不恰當，因為我跟她不能也不應該開始。

我只記得幾個明確的時間點：

因為跨部門的計畫案而相識、因為小藍而相遇、

因為王菲唱〈傳奇〉這首歌而相……

相愛嗎？

這字眼對我和她而言太沉重了，無法承受。

我和雨弓是同事，在執行那個跨部門計畫案之前，

她已經待在公司十年了，而我則是七年。

公司的組織龐大、員工眾多，我和她又在不同部門，

甚至連工作的大樓都不同棟，因此我並不認識她。

也許之前曾經見過或擦身而過，但我完全沒印象。

直到我們 12 個人執行那計畫後，我才與她相識。

初見雨弓時，感覺她全身散發出不明氣場，無法近身三尺之內。

好像是武俠小說中所形容的掌風。

那時是盛夏，她穿了一件黑色的上衣。

純黑色，沒有一絲雜色。

往後我發現不管天氣冷或熱，她幾乎都是穿黑色或暗色的衣服，

很少穿白色或淺色、亮色的衣服。

雨弓是漂亮的女人，但我從不用漂亮形容她。

漂亮有明亮、光亮的味道，而她很少讓我感覺到「亮」。

如果可以用光譜儀分析每個人的光譜，那麼她的光譜是暗色調。

雖然是暗，卻有股神祕而低調的氣質，對我而言那是一種美。

所以我總說雨弓很美。

或許因為雨弓的光譜是暗色，或許因為我跟她絕對不能在一起，
因此每當回憶起跟她獨處時的場景，即使通常是陽光灑滿全身，
腦海裡的光線卻總像是陰霾天空下的日落時刻。

雨弓是那種臉上有沒有笑容會有截然不同樣貌的人。
她臉部和五官的線條有些銳利，如果沒有笑容，會給人冷酷感；
但如果她笑了，線條就非常柔和，給人親近感甚至讓人心情變好。
我很喜歡她的笑容，莫名的喜歡。
如果愛上她有罪，那麼罪魁禍首也許是她的笑容。

執行跨部門計畫案才一個月，便覺得我跟雨弓已非常熟識。
明明才認識一個月，卻有多年老友的錯覺。
雨弓個性直爽、待人真誠，跟人談笑時會散發令人想親近的魅力。
她不笑時，冷若冰霜；展露笑顏時，春暖花開。
跟人談笑時，更是豔陽高照。
她的同事緣極佳，即使主管或下屬也非常喜歡她。
我們這 12 個人的團隊，也因為有她，工作的氣氛非常融洽。

兩個月後我因公去了趟泰國曼谷，那是我自己部門的案子。
回台前一晚，同行的同事不斷嚷著一定要去買 NaRaYa 的曼谷包。

NaRaYa 這家店就在飯店附近，走路大約只要十分鐘。

我和同事走進 NaRaYa，裡面已經一大堆人在搶買曼谷包了。

曼谷包是手提包或肩背包，最大特色就是包身有一個大大的蝴蝶結。

我看價格很便宜，便買了五個曼谷包帶回台灣送人。

兩個給自己部門較熟識的女生，三個給工作團隊中的三個女生。

挑選曼谷包前，腦海會浮現要送的那個女生的樣貌。

其他四個女生的包，顏色都是粉色系，加上紅色大蝴蝶結，

洋溢青春氣息，她們應該會喜歡。

只有雨弓的包和大蝴蝶結都是深藍色，我卻覺得非常適合她。

回台灣後，我親自送給自己部門的兩個女生。

工作團隊中的三個女生都在別棟工作，我懶得跑一趟，就託人送達。

大約半小時後，我收到雨弓傳來的 Line：

「北七。你剛好這時候送我包包，害我被誤會了。」

『誤會什麼？』我很疑惑。

「我剛才跟同事開玩笑說我在公司裡有暗戀的對象，結果你正好託人
　送來包包。」她傳。

『這跟誤會有關？』我回。

「北七嗎？人家會以為我暗戀的人是你。」

『這說不通吧，完全沒邏輯。』

「就是這樣呀，哪裡說不通？」

『如果妳暗戀我，我不會知道，當然就跟送妳包包無關。要說暗戀
　也應該是我暗戀妳才對，因為暗戀妳才送妳包包啊。』

「有道理耶。」她傳。
『本來就是。』我回。
「那我跟她們說，其實是你暗戀我。」
『喂。』
她傳了一張哈哈大笑的貼圖。

當晚九點左右，雨弓又傳來訊息，還是跟那個深藍色曼谷包有關。
這是她第一次不在上班時間跟我互傳 Line。
我覺得她不僅很喜歡，還有一種莫名的興奮感。
她劈里啪啦傳來一連串訊息，我幾乎可以想像她手舞足蹈的模樣。
「這是我這輩子第一次收到驚喜。」她傳。
『沒那麼誇張吧？』我回。

「我意思是，比方生日時人家送禮物，我早有心理準備：因為生日，
　人家可能會送禮物。即使禮物再貴重，也沒有驚喜。只有這個包，
　是在毫無心理準備下收到，所以很驚喜。謝謝你，我受寵若驚。」
受寵若驚的人是我吧，我並沒有花多少心思和金錢在這個包。
而且我不是只送她啊。

「我決定了，要將這個包取名為：小藍。而且從明天開始，我就會背著小藍上班。」她傳。

『妳還好吧？』我回。

「我很好呀，幹嘛這麼問？」

『感覺妳有點走火入魔了。』

「北七。我要跟小藍說說話了，晚安。」

『晚安。妳確定妳沒事？』

「北七。」

隔天雨弓真的背小藍，喔不，是深藍色曼谷包，來上班。

我會知道是因為她跑來我辦公室炫耀。

「好看吧？」她問。

初秋時節她穿著黑色長袖襯衫，連扣子都是黑的，左肩背著小藍。

『非常好看。』我說。

她笑了，雖然她的光譜是暗色，但總閃耀著金屬冷光。

「我們要去認真工作了，跟叔叔說再見。」她對著小藍說。

『妳是不是工作壓力很大？』

「北七。」她笑了，然後揮揮手離開。

她總共只待了一分鐘，應該是專程來讓我看她背著小藍的樣子。

這晚雨弓依然在九點左右傳訊息給我，話題還是小藍。

「小藍要我問你，怎麼會選她這種冷門顏色的曼谷包送我？」她傳。

『說不上來。只是覺得這顏色很適合妳的氣質。』我回。

「什麼氣質?」

『高雅。』我傳,『請妳跟小藍說,要她好好襯托妳的高雅。』

「北七。」她回,「謝謝誇獎。」

從此她保持每晚九點 Line 我的習慣,前幾晚主要談小藍,

但之後漸漸開始聊些她的工作、生活和家庭,

最後就是天南地北、天馬行空亂聊。

從互相熟識的工作伙伴,進入每晚用 Line 交談的狀態。

這種狀態應該算是一種相遇吧。

雨弓和我之間在 Line 的對話,很像是兩人表演的對口相聲。

一個是主要敘述故事情節、不斷說出笑料的逗哏;

另一個是對逗哏的敘述內容表達評論並給予烘托的捧哏。

逗哏是主角,捧哏是配角,一搭一唱,表演對口相聲。

而雨弓是逗哏,我是捧哏。

這種每晚九點開始的 Line,從不曾間斷,一天也沒。

以致某晚已經超過 11 點她卻沒 Line 我時,我竟然懷疑她出事了。

「還醒著嗎?」她突然傳來訊息。

如果隔天要上班,10 點半左右我們就會互道晚安;

碰到隔天是假日時才會多聊,甚至可能聊到半夜 1 點。

但現在 11 點多了,明天還是上班日。

『嗯。怎麼了？』我回。

「我不小心睡著了。」

『喔。』

「沒事了。晚安吧。」

『晚安。』

我猜想雨弓可能只是想保持紀錄，不希望紀錄被打破。

她是個很固執的人，甚至是偏執，而且意志力驚人。

一旦她認定或是想做任何事時，即使天塌下來似乎也改變不了她。

我們這 12 個人的工作團隊，每星期至少開一次會。

會議室有張大的 U 形桌，我通常坐在雨弓的正對面，相隔約四公尺。

自從每晚固定跟她 Line 以後，看見她時便多了點異樣的感覺。

我偶而會偷瞄她，她總是一副嚴肅而認真的神情，彷彿正準備作戰。

不過一旦我們眼神相對時，她總會微笑，笑容甚至有些靦腆。

有次會議很枯燥冗長，我偷瞄到她正低頭滑手機。

當她抬起頭時，正對著我，然後她笑了笑，拿起手機晃一晃。

我也微微一笑，想轉頭看會議主席時，她開始眨眼睛、努了努嘴角。

我愣住了。

她張開嘴巴似乎在對我說話但沒出聲音、低頭在手機打字、
抬起頭用手比了比手機、又低頭打字、又抬頭用雙手用力指著手機、
再低頭打字……
最後她微微仰起頭，右手食指在半空中慢慢畫弧線，畫了七次。
我突然領悟，把已經關靜音的手機拿到面前打開。

「有點無聊。」、「雨弓呼叫 Redsun。」、「喂！」、「起床！」、
「看手機！」、「還不懂嗎？」、「北七。」、「快看手機啦！」、
「阿娘喂，還不懂？」、「我快瘋了。」、「北七，看手機啦！」。
她竟然已經連續傳了十幾條訊息。

『妳剛剛比的，是雨弓嗎？』我傳。
「對。就是雨弓。」她回。
『妳果然是雨弓，很會比雨弓。』
「一點默契都沒有，害我比了半天。」
『抱歉。我完全沒想到妳會在開會時 Line 我。』
「北七。不然你以為我在幹嘛？」
『我以為妳中邪了，台語叫得猴。』

她突然笑出了聲，趕緊掩口假裝若無其事，然後轉頭看著主席。
幾秒後再把頭轉回，臉上掛著微笑，低頭打字。
「北七。」她傳。

她傳完後，抬起頭對著我，我們同時露出笑容，又同時掩口忍住。

從此在開會中，我會把手機調成震動而非靜音，方便跟雨弓 Line。
看著她低頭打字，我再低頭看她傳來的訊息，然後抬起頭看她。
Line 的文字突然變成她當面跟我說話的聲音，這感覺既新鮮又有趣。
一傳完訊息我們立刻假裝若無其事轉頭朝向主席，幾秒後把頭轉回。
眼神相對時我們會相視而笑，她常把食指貼住嘴唇比出噓的手勢。

冬天到了，每晚九點都會 Line 的紀錄依然保持著。
「天冷時，躲在棉被裡跟你 Line 的感覺，好像回到小時候躲在棉被裡
　看漫畫的快樂時光。」她傳。
『妳小時候也看漫畫？』我回。
「嗯。很喜歡。你呢？」
『我也是。』
「那我們都去泡杯熱茶。」她傳，「然後來聊漫畫。」
與季節相反，天氣越冷，Line 裡的氣氛似乎越熱。

我已經習慣每晚九點跟雨弓 Line，也覺得這是再自然不過的事。
甚至會期待，認為這是每天生活中最重要的事。
雖然雨弓就是龔羽婷，但我所認識的龔羽婷是個認真勤奮的上班族，
五官看起來有些冷，嚴肅時甚至隱隱覺得有殺氣，感覺很難親近；
可是一旦露出笑容，卻會讓全世界也想跟著笑。
而雨弓則像個對這世界感到新鮮與好奇的小孩，總是欣喜雀躍，

不停問東問西，對所有平常大小事物都有濃厚興趣。

我相信很多人都了解龔羽婷，但只有我可以看到雨弓、了解雨弓。

然而有天下午三點左右，雨弓傳了 Line：

「你怎麼可以說我混？」

『我什麼時候說妳混？』我一頭霧水。

「我不想說了。我現在很生氣！」

『到底怎麼了？』我還是一頭霧水。

但她沒再回了。

從那時到下班、下班後回到家，我始終不知道發生了什麼事？

原本打算等到九點她 Line 我時再問她，

但等到九點半，她還沒傳來訊息，我開始感到慌張。

十點了，我的手機依然安靜，我覺得悵然若失。

長久以來的紀錄，今晚終於打破了。

我一直呆望著手機，整個人失魂落魄。

手機突然發出聲響，我嚇了一大跳，心臟差點從口中跳出。

十點半了，雨弓終於傳了 Line：

「我氣差不多消了。」

我趕緊詢問，但她並不想解釋。

禁不住我再三懇求，她終於說出原委。

原來跟雨弓同部門的人到我辦公室時，剛好聽到我說羽婷很混，

回去時就告訴雨弓。

但這是誤會，其實是我正在抱怨我部門的同事宇廷很混。

「哪有那麼巧？你騙人。」她傳。

『我部門真的有個叫宇廷的男生，妳查一下就知道了，這騙不了人。

　　而且在我的部門裡，我都稱呼妳小龔龔，不會叫羽婷。』

「小龔龔聽起來很肉麻耶，幹嘛加個小字？」

『小字一定得加，只叫龔龔的話，就變成太監了。』

她傳了一張「哈哈大笑」的貼圖。

「以後只要有旁人在，你乾脆就叫我小龔龔吧。」她傳。

『OK。』我回。

「好了，該說晚安了。從下午氣到剛剛，累了。」

『看在我今天生日的分上，妳就不要再氣了。』

「怎麼可能？你不要騙我。」

我從皮夾拿出身分證，用手機拍了張照，傳給她。

「生日快樂！」她傳。

『謝謝。』我回。

「你想要什麼生日禮物？只要我做得到，一定送你。」

『妳剛剛說了一句生日快樂，已經足夠了。』

她又問了幾次，我還是婉謝。

『11 點多了，妳該睡覺了。』我傳。
「不行。你今天生日，我陪你到 12 點。」她回。
然後我們隨便聊，沒什麼特定話題。

「只要你想要什麼，我一定送你。你確定不要嗎？」她又傳。
『有妳那句生日快樂就很夠了，不需要禮物。』我回。
「你確定嗎？要好好把握這難得的機會哦。」
『很確定。謝謝妳。』
「那我送你一首歌，代表我的心意。」
『好。』

可是等了幾分鐘，她都沒動靜，離 12 點只剩五分鐘了。
正準備詢問時，她傳來一個 Youtube 網址。
我點開一看，是王菲在 2010 年央視春晚演唱〈傳奇〉的影片。

    只是因為在人群中　　多看了你一眼
    再也沒能忘掉你容顏
    夢想著偶然能有一天再相見
    從此我開始孤單思念

想你時　你在天邊
想你時　你在眼前
想你時　你在腦海
想你時　你在心田

耳朵聽著王菲夢幻似的歌聲，眼睛看著歌詞。
整個臉頰和耳根發燙，心跳直接破表，渾身顫抖。
我彷彿被抽離了地面，在空中飄浮。
長久以來，我和雨弓每晚蓄積一點一滴的情感，
此刻如核彈爆發，瞬間燎原。

〈傳奇〉的長度剛好 4 分鐘，播完後離 12 點只剩 1 分鐘。
我得回應她，可是該回應她什麼？
雙腳依然感覺不到地面，而手指竟然還在顫抖，根本無法打字。
那是我人生中最漫長的 1 分鐘，但即使如此漫長，
也無法消化那股迎面傾瀉而來令人猝不及防的澎湃情感。

手機和我都是靜止的，我相信在那端的雨弓也靜止。
直到 12 點 10 分，我才勉強落地，手指恢復控制，便打了字：
『很好聽。』
「嗯。然後呢？」她回。
『我不知道然後。』我嘆了口氣。
我可以感覺她彷彿也嘆了口氣。

「晚安吧。」她傳。

『其實剛剛那首歌，我也應該送妳。』我回。

「真的嗎？」

『真的。』

「那我們該怎麼辦？」

『我也不知道該怎麼辦。』

「唉。晚安吧。」這次她真的嘆氣了。

這應該是我和雨弓相愛的時間點。

在這個時間點，我和雨弓都是 40 歲。

我之前談過兩次戀愛，但沒結過婚，打擊率 0。

她之前只談過一次戀愛，卻結婚了，打擊率百分之百；

而且還有打點：一個五歲女兒。

所以相愛對我和雨弓而言太沉重了，是無法承受的字眼。

♌♌♌

「喂。」坐在 11 位置的人說,「我都乾了,你怎麼還沒喝?」
我回過神,右手還舉著杯,趕緊一口喝下。
雨弓正轉頭與坐在 1 位置的小白談笑。

這一刻的演技較量,我屈居下風。
雨弓巧妙迴避了我,但我在面對 11 時眼角餘光卻不得不瞥見她。
而且我顯得慌張,也差點出糗。

冬天果然不適合回憶。
即使那年冬天〈傳奇〉的餘音依然輕易加速我的心跳,
但回憶中的那時越熱,此刻心裡越覺得冷。
我下意識縮著身子,抵抗寒冷。

「出來透透氣吧。」坐在 9 位置的人拉了拉我衣袖。
我站起身,跟著幾個人走出包廂,來到一個小陽台。
同桌的幾個男生走來這裡抽菸,但我不抽菸,
所以對他們而言是透透氣,對我而言則是吸二手菸。

陽台是個好地方，可以乘涼，可以眺望，也可以談心。
我和雨弓最常去的地方就是陽台。

記得雨弓送我〈傳奇〉的隔天，我上班時渾渾噩噩，
耳畔不斷響起王菲唱〈傳奇〉的歌聲，持續一整天。
下班回家後開始等待，並期待時間可以快速跑到九點。
但時間卻緩緩流逝，直到 12 點手機都沒發出聲響，紀錄終於破了。
每晚九點都會 Line 的紀錄停留在 70 天。

原本應該只是好朋友好伙伴間的聊天談心，怎麼會變成互訴衷曲呢？
也許我和雨弓早就越線卻不自覺，反而越走越遠。
就像兩個好友邊走邊聊，聊得開心而忘我，完全沒注意到路旁警語。
一旦停下腳步，赫然發現已經深入禁地，而且被困住。

雖然紀錄已破，但我並不惆悵，反而很釋懷。
我猜想雨弓只是想停下腳步，然後思考如何回到原來的路。
畢竟她結婚了，而且還有個五歲女兒。
然而，我和她還能回到原來的路嗎？

回想過去 70 個晚上的 Line 交談，雨弓曾說過她唯一的戀愛經驗。
她和他是大學同學，大三時成為班對，然後穩定交往十年。
交往十年後結婚，結婚到現在也是十年。

『就這樣？』我傳。

「對，就這樣。因為是同班同學，自然而然就在一起，沒什麼談戀愛的感覺。而穩定在一起久了，沒風波也沒波折，理所當然就結婚。過去 20 年沒什麼高低起伏，就是這麼平直。」她回。

『平直很好啊，算是一種幸福。』我傳。

「也許吧。對關在籠子裡的動物而言，生活也很平直。」她回。

『請問妳在感慨嗎？』

「算是吧。如果戀愛中少了苦痛、阻礙、煩惱、難過、驚慌，甚至少了眼淚，應該會是缺憾吧。」

我有點愣住，不知道該怎麼回應。

「你談過幾次戀愛？」她傳。

『兩次。』我回。

第一次是大學時代，交往兩年後畢業，畢業後分隔南北。

漸漸地，彼此聯絡的間隔時間越拉越長，最後時間趨近無限大。

『我記得上次跟她通話時，她說臨時有事要忙，等忙完後再打給我。

但到今天為止，16 年過去了，她還沒忙完。』我傳。

她回一張「哈哈大笑」的貼圖。

第二次是我出社會做第二份工作時，朋友介紹而認識。

原本還算穩定，但也是交往兩年後，見面的頻率越來越小。

8 年前最後一次見面時，她也說這陣子很忙，等忙完就能多相聚。

這話太熟悉了，我索性單刀直入問她：我和她之間是否完了？

她很乾脆，說她遇見了命中註定的男人，所以對我很抱歉。

『她很怕蚊子，聽說那個男人很會打蚊子，所以是命中註定。之後我
　　發憤圖強，苦練聽聲辨位的技巧，現在我也是打蚊子高手了。』

「我也很怕蚊子耶。」雨弓傳。

『有機會的話我教妳打蚊子。』我回。

她回一張「那就麻煩你了」的貼圖。

「你總能把應該是沉重的事情說得很有趣，所以我很喜歡跟你聊天。
　　即使再苦悶的心情，你都能想辦法轉化成微笑。」她傳。

『我沒那麼厲害。』我回。

「不，你很厲害。當我煩悶或不開心時，跟你說話後就會好很多。」

『這是我的榮幸。』

「陽光一照，才會有雨弓。雨弓需要太陽，所以我需要 Redsun。」

那時應該要警覺，我可能即將進入第三次戀愛。

我卻渾然不知，還是跟著雨弓繼續往前走。

但即使我警覺了，我能立刻停下腳步然後轉身走回原來的路嗎？

破紀錄的隔天，毫無心理準備下，在辦公室收到雨弓傳來的訊息。

「我想跟你說個故事。」她傳。

『請說。』我回。

「我想當面說。」

『當面？要在哪裡？』

「你說呢？」

我竟然完全想不出來。

原本如果上班時要見面談事，在辦公室或隨便哪裡都行，很方便；

即使是下班後，隨便找個地點也行。

「地點」絕對不是問題，問題只在於此刻我和雨弓之間的關係。

我突然領悟一句話：世界之大，卻無容身之地。

可能我沉默的時間太久，她直接傳：

「我這棟的頂樓陽台好嗎？」

『好。有特別的理由嗎？』我回。

「在那裡曬太陽最好。」

『曬太陽？』

「嗯。」

我有點納悶，但既然她說了地點，我也算解套。

我們約好時間，但時間並不完全一樣。

而是以下午四點為基準，她提早 1 分鐘到，我晚 1 分鐘到。

沒想到我和雨弓連「同時」都不行。

公司是大型研究機構，除了有三棟辦公大樓外，
還有一些實驗室、研究室、工作室，甚至是實驗工場之類的東西。
員工不待在自己的辦公桌而是到別處工作，是再正常不過的事。
平常上班時我很少只待在辦公室而是四處跑，我相信雨弓也是如此。
所以我並不擔心離開辦公桌會不會啟人疑竇。

雨弓的那棟樓有七層，我這棟則是六層。
兩棟相隔大約 60 公尺，中間有條道路，還有塊綠地和幾間實驗室。
我慢步往前走，我可以遲到但不能早到，而她可以早卻不能遲。
因為萬一她遲到一點點而我早到一點點，我們可能就同時出現。

我推開厚重的頂樓陽台鐵門，發出金屬摩擦聲，緩慢而刺耳。
眼前是一大片空曠的陽台，陽光灑了滿地。
除了幾間機房和一條又長又大的金屬管路像巨大蟒蛇爬行在地外，
幾乎空無一物。
這棟大樓從空中鳥瞰，大致呈弓狀，只是線條是直線而非弧線。
走了幾十公尺，終於在弓的中點看見雨弓。

她穿著深咖啡色毛衣，站直身子，面向西邊，仰頭朝著太陽。
冬天下午四點的陽光，溫暖舒適而不刺眼。
我停下腳步，靜靜凝視陽光下的雨弓，
突然有一股之前未曾感受過的明亮感。

上次見到她時，是五天前工作團隊的討論會議；
但同樣都是雨弓，現在看見她的感覺卻完全不一樣了。

「曬太陽真好。」她轉頭說。
『沒錯。』我走近她。
「你看……」她指著太陽，「現在的太陽有點紅，像不像你？」
『像我？』
「紅陽，Redsun。」她笑了。
『很像。』我也笑了。

我們在陽台上漫步，雨弓四下張望，神情有些緊張，
似乎想確定不會有別棟建築物裡的人可以看見我們。
這裡比較高，除非別棟的人沒事站在窗邊往上看，而且眼力還不錯，
才有可能看到我們。
但我和她在公司裡都算久，熟人不少，得小心謹慎，絕不能被發現。
我從沒想過當小偷，但此刻卻能深刻體會當小偷的心情。

尋尋覓覓，終於有了容身之地，我們在某處的金屬管並肩坐下。
這位置除非別人的眼睛具有透視功能才會看見。
雨弓遠遠望著那扇鐵門，似乎擔心有人突然推開門。
我整個人往後轉，雖然跟她是並肩坐著，但臉卻朝著相反方向。
她朝向西方，我朝向東方。
「你為什麼這樣坐？」她很疑惑。

『這裡應該不會有人上來。但萬一那扇鐵門有任何風吹草動，那麼妳馬上往前跑到圍牆邊，我也馬上往前跑到圍牆邊。』我說，『這樣我們分別站在兩邊的圍牆，人家就不會懷疑了。』

「很好。」她笑了。

『要不要先彩排一下？』

「北七。」她還在笑，「不用啦！」

我們並肩曬了一會太陽，都沒說話。

『故事呢？』我先打破沉默。

「什麼故事？」她愣了愣。

『妳不是想說個故事？』

「哦。」她又笑了，「曬太陽曬到忘了。」

雨弓開始說起那個歐洲中世紀時期男人、女人和獅子的故事。

『那個男人為什麼要離開？』聽完故事後，我問。

「因為丟手帕的女人並不愛他。」她說。

『是嗎？』我很疑惑，『她最後不是說愛他？』

「這是時間點的問題。」她說，「從女人準備獅子籠，直到她丟手帕那刻，女人並不愛撿手帕的男人。其實應該說，她不愛在場的任何一個男人。」

『為什麼？』我很驚訝，『她怎麼可能都不愛？』

「你會讓你愛的人冒著無謂的生命危險，走進獅子籠嗎？」雨弓問。

『當然不會。』

「如果她早已愛上其中任何一個男人，她還會丟手帕嗎？難道她不怕她所愛的人走進獅子籠撿手帕嗎？」

『這……』

「女人在乎的只是誰能因為愛她，冒死為她撿手帕而已。」雨弓說。

『那男人為什麼還要走進獅子籠？』我問。

「決定走進獅子籠時，男人知道女人並不愛他。但他只是想證明自己為了所愛的人，可以連命都不要。」雨弓說。

『既然已經證明了，女人後來也說愛他了，他為什麼還要離開？』

「也許男人不希望女人只是因為感動而愛他。」

『這個撿手帕的男人後來是不是說了一句名言？』我說。

「什麼名言？」她很好奇。

『你可以因為一個愛你的人而感動，但請別因為感動而愛一個人。』

「這真的是那個男人說的嗎？」她睜大眼睛。

『我唬爛的。』我笑了笑，『只是想提高自己的故事參與感而已。』

「北七。」她也笑了。

「男人既然只是想證明自己可以為了愛而面對獅子，那他最後就一定得離開女人。」笑聲停止後，她說。

『為什麼？』

「如果男人最後接受了女人，就表示他走進獅子籠的動機，是想藉此
　來感動女人，獲取她的芳心。」她說，「所以他一定會離開，因為
　他走進獅子籠不是為了得到女人的愛，而是為了證明自己的愛。」

『這個結論很好。』我說。

「這是我自己的猜測。」她說，「沒人知道那個男人真正的想法。」

『那個男人應該會想去當馴獸師。』

「北七。」她說，「不過你剛剛唬爛的名言很有道理。」

『妳這個故事才是很有道理。』

「謝謝誇獎。」她笑了。

『妳為什麼突然想說這個故事？』我問。

「因為……」她沉吟一會。

『嗯？』

「因為我也想跟撿手帕的男人一樣……」她仰起頭，正對著太陽，

「走進獅子籠，面對獅子。」

我心頭一震。

「請你不要有壓力。」她說，「這是我自己的選擇，跟你無關。」

『怎麼會無關？』

「你有把手帕丟進獅子籠嗎？」

『沒有。』

「所以跟你無關。」

『這……』

雨弓向著太陽，我背著太陽，都沒再說話。

或者說，都不需要再說話。

我和她雖然面朝著相反方向，但我們的影子卻是並排在一起。

「該走了。」她說。

『妳先走。』我說，『五分鐘後我再離開。』

她點點頭，起身走向那扇鐵門，緩緩拉開鐵門。

鐵門依舊發出刺耳的金屬摩擦聲，聲音很響亮，一定能聽到。

這樣以後萬一有人突然上來頂樓陽台，我和雨弓可以及時逃生。

這天晚上，雨弓又在九點 Line 我。

我們像之前一樣交談，彷彿她沒送我〈傳奇〉這首歌，

也沒在頂樓陽台說故事。

雖然紀錄已經破了，她不必執著每晚都要 Line，

但我們還是幾乎每晚必 Line。

而頂樓陽台，我們每隔幾天會上去曬曬太陽、說說話。

同樣是以下午某個時刻為基準，雨弓早 1 分鐘到，我晚 1 分鐘到。

我推開鐵門走了數十公尺後，總能看見她站直身子，仰頭朝著太陽。

然後並肩坐在老位置的金屬管上，她朝向西方，我朝向東方。

我們大約只待 20 分鐘就離開。

離開時，她會先走，五分鐘後我再走。

跨部門計畫案圓滿結束，我們這 12 人工作團隊相約一起吃尾牙。

雨弓穿了件深紅色衣服，顏色雖然深，卻是她很少穿的豔麗顏色。

有人開玩笑問她：「今天是要當新娘嗎？」

「北七。」她笑說，「我都結婚十年了。」

我感覺被根針猛刺一下。

大家彼此熟識，工作又剛結束，在這種場合都聊得很開心。

我和雨弓的座位刻意距離稍遠，也避免太過親密的交談。

我稱呼雨弓為小龔龔，其他人覺得有趣，偶而也這樣叫她。

她則稱呼我為揚宏，跟其他人一樣。

有時聊得興起，我會跟她多說幾句，但隨即提醒自己要節制。

而與她目光相對時，我也提醒自己眼神要降溫。

聚餐結束後，大家一起坐計程車到市郊山上看夜景、喝咖啡。

總共需要三輛計程車，我和雨弓刻意坐不同輛。

喝咖啡時分成兩桌，我和她也刻意坐不同桌。

遠眺城市的夜景時，我從未站在她身旁。

整個晚上我有一種自己是個演員的錯覺，而且必須要完美的演出。

從山上回到家才五分鐘，手機響起。

「到家了嗎？」雨弓傳。

『剛到。』我回。

「累嗎？」

『還好。』

「你今天有兩個地方沒演好。」她傳。

『哪兩個地方？』

「天秤座、咖啡。」

『嗯？』

「吃尾牙時你說了我是天秤座，為什麼你知道我的星座？」

『妳告訴我的啊。』

「我知道。但我沒告訴其他人呀，所以他們可能好奇你怎麼知道？」

『喔。明白了。』

「還有你怎麼知道我喝咖啡一定不加糖和奶，只喝黑咖啡？」她傳。

『這當然也是妳告訴我的。但其他人會以為我和妳私底下喝過咖啡，
　不然我怎麼會知道。』我回。

「沒錯，就是這樣。」

『我知道了。下次會更小心謹慎。』

果然我的演技還有進步的空間。

「我今晚很開心，可以在正常情況下跟你在一起，不必偷偷摸摸。」
她傳，「還可以跟你一起吃大餐、一起看夜景，這些都是第一次。」
『我也很開心。』我回。
她又傳了一連串今晚發生的種種細節，感覺她真的很興奮和滿足。
其實我並沒有同感，但我還是附和她。

雨弓似乎忘了，今晚是 12 個人在一起，不是只有我和她。
而在這種好友相聚的場合，免不了會聊些家庭狀況。
當她侃侃而談她與她先生還有女兒間的互動或發生的趣事時，
我覺得莫名的難受還有尷尬，完全不自在。
甚至否定自己，認為自己是個破壞別人幸福家庭的混蛋。
但我卻得若無其事演出該有的反應，比方覺得很有趣而露出笑容，
或覺得很羨慕而發出讚嘆。

雖然可以在正常情況下與她相聚，但我完全不喜歡今晚的聚會。
如果可以讓我選擇，我寧願不要這種好友間的聚會。
即使將來除了這種聚會外，我完全沒有其他看見她的可能，
我也絕對不要。
然而雨弓卻覺得很歡樂、很滿意並洋溢著幸福感，
甚至期待以後能常常有這種聚會。
我和她的感覺竟然出現如此強烈的反差，但我只能選擇沉默。

農曆春節到了，公司放了七天年假。

過年期間雨弓偶而會 Line 我，但每次只有短短幾分鐘。

我很不適應這種每天頂多只能跟她聊幾句的日子，

而且有一股強烈的離別感，感覺跟她離得很遠、分離了很久。

這段假期漫長而難熬，我期待早日開工。

大年初二深夜，我忍不住寫了封 E-mail 給她。

在這種人手一機的時代，我竟然還寫信，而且寫了兩個鐘頭。

寫完寄出後，已是大年初三的凌晨。

我猜想她看完 E-mail 後，會是怎樣的心情？

沒想到 15 分鐘後，手機就響起。

「我看完了。好感動。」雨弓傳。

『這麼快？』

「我一收到就馬上看，而且還看了兩遍。」她傳，「這是我這輩子
最感動的時刻。」

雨弓似乎很喜歡用「這輩子」這個字眼。

放完年假，公司開工那天，雨弓拿了開工紅包後就 Line 我：

「以十點為基準。老地方見。」

『OK。』我回。

她很罕見的約了上午而不是下午，看來我們應該都是等不及。

而且頂樓陽台變成了「老地方」，這字眼讓我覺得無比親切。

我推開鐵門走了數十公尺，發現她已經坐在老位置上了。

『妳今天不先仰頭看太陽嗎？』我也坐下。

「上午太陽比較大。」她笑了，「而且我想早點看到你。」

『我也是。』我說，『好久不見。』

「真的是好久不見。」她的語氣很真摯。

她凝視著我，眼神很閃亮，目光像是被凍結。

那一瞬間，我突然有股衝動，想緊緊抱住她。

但我忍住了。

「我們多久沒見面了？」目光解凍後，她問。

『八天。』我說。

「只有八天這麼短嗎？」她很驚訝。

『嗯。』我點點頭，『主要是因為中間有七天年假。』

「哦。」她說，「我還以為已經一個月了。」

『沒那麼長。到目前為止，我們最長沒見的時間，就是八天。』

「好。」她笑了，「這個紀錄絕對不能被打破。」

『我同意。』我也笑了。

「回到正常的日子真好。」她說。

『我也這麼覺得。』我說。

我和雨弓似乎沒意識到，我們口中所謂的「正常」，

其實是世人眼中的「不正常」。

這天快要下班時，雨弓又 Line 我：
「上午在老地方時，你是不是想抱我？」
『是。』我猶豫了一會，才回。
「那我們這樣算不算是不能擁抱的戀人？」
『算是吧。』
「哦。」
我也不知道該說什麼，只能簡單傳個貼圖。

跨部門計畫結束了，我和雨弓就沒有因公事而相見的理由。
但雨弓很在意那個八天的紀錄，因此每當紀錄快被打破時，
她總會及時約我在頂樓陽台碰面。

頂樓陽台有時風大，夏季時陽光酷熱，但我和雨弓總是坐在老位置。
夏天雨弓會改約五點而非四點，這時陽光會溫和一些。
至於風大，那就無解，只能被風吹了。
但即使強風吹亂她頭髮，髮絲常因此貼住她嘴唇，
她依然笑容滿面，而用手撥開髮絲的神情甚至有些嫵媚。

有時雨弓會帶著兩個保溫瓶到頂樓陽台，瓶內裝滿咖啡，一人一瓶。
這裡是空曠的露天咖啡廳，但只有我們兩個人邊喝咖啡邊聊天。

「今天的咖啡如何？」雨弓問。

『很好喝。』我說。

「這是我自己買咖啡豆、自己煮的哦。」

她很得意，我喜歡看她得意時的神情。

有次雨弓出差，兩天一夜，這兩天如果沒見面，紀錄就破了。

可是第二天她出差回來後大約是下班時間，根本不用進公司。

原以為紀錄應該會破，但第二天快下班時，手機響起。

是 Line 的來電。

「你 10 分鐘後到你那棟南側靠停車場那裡。」雨弓的聲音很急促。

『好。』我問，『但是為什麼？』

「我會開車停在停車場。但你不要下樓哦，你就站在四樓，我會下車
　跟你揮手。」

『好。』

「你也不可以跟我說話哦。」

『好，什麼都好。』我說，『妳小心開車。』

我這棟大樓旁邊有個平面停車場，我走到四樓南側盡頭，靠著矮牆。

兩分鐘後有輛黑色車子開進停車場，應該是雨弓的車。

她停好車，走下車，走了幾步停下，仰頭便看見我。

她笑了起來，笑容很燦爛，像這時候的陽光。

下午五點半的太陽，顏色是濃濃的黃，並透著紅。

陽光灑滿她全身，整個人變得好明亮。

她雙手在空中揮舞，像是畫出一道又一道弧線。

那代表彩虹，也就是雨弓。

她一面指著太陽，一面用雙手在空中畫出雨弓。

是的，陽光一照，雨弓就出現。

她又指了指自己，然後再遙指著我。

我明白了，我需要你，正如雨弓需要 Redsun。

那一瞬間，我覺得雨弓好美，深深的以喜歡她為傲。

ᘓᘓᘓᘓ

從陽台走回包廂，剛進包廂迎面一瞥，
看見雨弓、小白還有坐在 2 位置的阿瑛笑得很開心。
她們圍著雨弓的手機，雨弓似乎與她們一起欣賞出國旅遊的相片。
我視線立刻離開，但耳朵聽見雨弓說她上個月去美國玩。

視線轉向桌上的菜，發現桌上多了一道菜。
「這是澎湖的花枝丸。」
坐在 7 位置的人用牙籤插著一顆花枝丸放進我碗裡。
這丸子炸得金黃，看起來就覺得一定很好吃。
但「澎湖」這兩個字卻讓我心中有些酸澀，突然沒了胃口。

能出國玩真好，我和雨弓當然從未一起出國玩。
即使在台灣島內，也幾乎稱不上「玩」這個字眼。
唯一可以稱得上是一起去「玩」的，就是去外島澎湖。
這不僅是我和雨弓之間最珍貴的回憶，
也是最像正常戀人相聚的時光，雖然只有短短兩天。

我從來沒有想過能跟雨弓像正常戀人那樣一起出遊，連幻想也沒。
自從雨弓送我〈傳奇〉那首歌開始，我和她只能待在陰暗角落，
躲躲藏藏、偷偷摸摸、遮遮掩掩。
我和她能在頂樓陽台碰面，已經是最大的奢侈。

我漸漸明白，為什麼雨弓要約下午時分在頂樓陽台碰面？
因為我和她都需要曬太陽。

我和雨弓並沒有固定相約的日子，但最長八天不見的紀錄依然保持。
這個世界應該容不下我們，只有頂樓陽台可以接納我們的存在。
對我和她而言，頂樓陽台並不屬於這個現實生活的世界，
而是另一個時空。

雨弓很喜歡在頂樓陽台跟我聊天，我們也幾乎無所不談。
她會細到幾乎所有瑣事都會說，甚至是她的生理期。
我剛聽到時很尷尬，幾乎無法接話。
但我和她的交談是對口相聲，既然她逗了，我就得捧。

雨弓的生理期很規律，通常是 28 天，但來潮第一天幾乎沒感覺，
因此有時會因沒有防範而出現尷尬的場面。
她試著記住來潮時的日子，以便下次能提早防範，可是總會忘了。
這令她很困擾，但她卻是邊說邊笑。

『我幫妳記日子好了。』我有點尷尬，但還是說出口。

「好呀！」她很高興。

我算好日子，為了保險起見，在第 26 天便提醒她。

『妳明天或後天可能要注意一下了。』我傳。

「注意什麼？」雨弓回。

『呃……紅紅的那種東西。』我的臉也紅了。

「月經嗎？」

『是。』連打字的手指頭都紅了。

隔天晚上，雨弓傳：

「你好厲害，被你說中了。我月經剛來。」

『這是妳自己的規律，跟我無關吧。』我回。

「不。這是你算的準，我以後要叫你月經預測大師了。」

『……』

長久以來的困擾終於解決，她似乎很興奮。

從此以後，每當她來潮時會告訴我日子，我就記下。

然後算好日子，在下次來潮前提醒她。

這已經是我每個月必做的日常事務，而且從不遺漏。

雨弓看似有些粗枝大葉，但因為我，不得不變成細心。

她逐漸變得小心謹慎，而且是越來越小心。

以前總在晚上九點 Line 我的習慣已經改變，

改成有時是早上，有時下午，有時晚上，甚至深夜也有。

交談時間長短不一，有時只有 3 分鐘，有時卻可長達 3 小時。

我可以想像她應該是利用安全的空檔時間跟我 Line。

因此我絕不主動先傳 Line 給雨弓，除非某些特例。

比方有次我在公司趕一個案子，可能要很晚才能下班，

她要我趕完後可以回家時 Line 她。

『妳確定？』我傳。

「對。」她回。

只有在類似這種狀況下，我才會先 Line 她。

以前我對手機很隨性，有時會因為這種隨性而一時之間找不到手機。

但因為雨弓，我養成無論何時何地手機一定隨身的習慣。

即使洗澡，手機也跟進浴室。

這樣只要她 Line 我，我馬上可以回應。

我曾在洗澡洗到一半時收到她的 Line，然後就在浴室跟她 Line，

結束後再把另一半洗完。

我騎機車時，總是在吵雜的車流聲中留神傾聽手機是否響起。

碰到紅綠燈而停下時，也會馬上拿起手機查看。

有次騎到一半，天空開始下雨，手機也同時響起。

急著找地方避雨時，前方車子突然煞車，我閃避不及而雷殘，
人車倒地。

駕駛打開車門要查看時，我已站起身、扶起車，繼續往前騎。
路旁有家 7-11，我便停車在 7-11 門口躲雨並回應雨弓傳來的 Line。
跟她 Line 完後，我直接去醫院，幸好只傷到手腳皮肉。
之後敷了一個禮拜的藥才算痊癒，但這件事雨弓並不知道。

我和雨弓必須躲藏，也總是壓抑。
壓抑久了，有時會需要一點點小小的宣洩。
比方雨弓偶而會跟我用手機通話，但只用 Line 來電通話。
「你好嗎？」雨弓說。
『還好。怎麼了？』我問。
「沒事。只是想聽聽你的聲音，跟你說說話而已。」

雖然通話的時間總是只有短短幾分鐘，
但聽到聲音與看到文字是不一樣的感受。
文字讓人感覺遙遠，也常常無法完整表達心情或根本無法表達；
而聲音有溫度、有氣息、有生命，也可以讓人有她就在身邊的錯覺。
即使都不說話只有呼吸聲，也能讓人心跳加速。

有次我和雨弓在頂樓陽台喝咖啡聊天時，她突然站起身。

我正納悶時，她轉身對著我。

我只好也站起身，轉身面對她。

「我、好、喜、歡、你。」她一字一字說。

她用力念出每個字，但幾乎是氣音，聲音低沉而沙啞，而且很輕。

雖然陽台風大，但我仍然可以聽見這聲音鑽入耳朵，進入心臟。

『請妳再說一次。』我說。

「這種話說一次就夠了。」她的臉紅了。

終於有天，雨弓算是徹底宣洩。

那天是雨天，而且已經連續下了幾天的雨，但再不碰面的話，

最長八天不見的紀錄就會打破。

雨弓果然還是約了在頂樓陽台碰面，我們各帶了把傘。

當我們各撐一把傘坐在老位置時，雨正嘩啦啦下著。

「我們到底在幹嘛？」雨弓問。

她看著撐傘的我，我看著撐傘的她，同時笑了起來。

而且越笑越大聲，完全沒有停止的跡象。

以往在頂樓陽台時，我們連發出笑聲都會小心翼翼，以免被聽到。

我意外發現下雨天在頂樓陽台跟雨弓碰面的最大意義：

我們可以盡情地笑，因為雨聲可以掩蓋笑聲。

我和雨弓在頂樓陽台只待了五分鐘就離開，其中有四分鐘在笑。

快下班時雨就停了，天空開始放晴，太陽也露臉了。

我剛下班離開辦公室時，接到雨弓的 Line 來電。

「Redsun，你看見了嗎？」她很興奮。

『看見什麼？』

「雨弓。」她說。

『雨弓？』我一時會意不過來。

「就是彩虹呀！」

『喔。』我說，『妳看見彩虹了？』

「對。」她笑了，「我正開車，就在我右上方。」

『妳小心開車。』

「陽光一照，雨弓就出現。」她依然很興奮。

『我知道。』我還是說，『妳小心開車。』

「雨弓終於出現了……」她似乎哽咽了。

『妳沒事吧？』

「我沒事。」她哭了，「Redsun，我看見雨弓了。」

『看見雨弓是好事，要高興。』

「Redsun，我看見雨弓了。」她哭著重複這句。

「有陽光，才會有雨弓。」

「雨弓需要太陽，就像我需要你。」

「Redsun，我需要你……」

她一直說個不停，直到說不出話，然後放聲大哭。

我沒勸慰她，只是靜靜陪著她，任她放肆地哭泣，盡情宣洩。

或許我和雨弓還需要頂樓陽台以外的空間，

然而這樣的想法會不會太過分？

雨弓似乎想出了辦法，就是利用她到外地出差的機會。

她將車子停在公司外 500 公尺，我從公司走去跟她會合，迅速上車。

她開了一小段路後，換我開車，她坐在副駕駛座。

車程大約兩個小時，而車內狹小的空間只專屬於我跟她，

這讓我感覺非常興奮和滿足。

我剛開始開車的十分鐘內，我和雨弓只是聊著她今天要處理的事。

十分鐘後，我們終於意識到這是難得的獨處時間，

而且不像在頂樓陽台那樣得小聲說話、怕人發現、怕人突然上來。

於是我們便聊開了，而且越聊越起勁。

「你長得很不好看，但我還是想為了你而面對獅子。」雨弓說，

「所以對我而言，這是真愛。」

『妳意思是，我是因為妳長得美？』我說，『所以不是真愛？』

「我哪曉得。這要問你。」

『還有請問一下，妳真的覺得我長得很不好看？』

「對呀。」

『妳要不要用中性一點的形容，比方普通、平凡、還可以之類的？』

「北七。」她笑了，「你真的長得很不好看呀！」

『我不想踩煞車了。』我說。

「喂。」

『不然妳修正一下。』

「幹嘛修正？」她說，「很不好看還贏難看、很難看、醜、很醜。」

『哇，贏很多耶。』

「就是嘛。」她說。

我略轉頭看了她一眼，然後笑了笑。

「幹嘛？」她問。

『沒事。』我說，『只是覺得妳很可愛。』

「你是因為我可愛所以才喜歡我？」

『我從沒想過為什麼喜歡妳。』我說，『如果喜歡妳一定要有理由，
　那麼也許是因為妳敢面對獅子吧。』

說完後，我們都陷入短暫的沉思。

到了目的地，雨弓去處理公務，我等她結束時 Line 我。

我走到附近吃點東西，然後回車上閉目養神。

兩個多小時後手機響起，再幾分鐘後她便坐回車上。

「我已經盡快結束了。」她很開心，「走吧。」

算了算，如果五點左右回到公司，那麼除了兩小時車程外，
還有一個多小時的空檔，這對我和雨弓而言是難得的恩賜。
我們在高速公路的休息站停下，下車走一走，喝喝咖啡。
逛到一家商店時，我發覺雨弓的神色有異，她也立刻轉身走出商店。
『怎麼了？』我趕緊走出店門到她身邊，問。

「人家看到我們，會不會以為是有錢的男人帶著情婦逛街？」
她臉色凝重，眉頭深鎖。
『不會吧？』我很驚訝，『妳為什麼會這樣想？』
「可能是因為作賊心虛吧。」她嘆口氣。
看著她沉重的表情，我的心也跟著沉重。

『我們兩個再怎麼看，都不像是有錢的男人帶著情婦。』我說，
『而是助理陪著董事長。』
「為什麼？」
『妳看起來高貴，而且眉宇之間有殺氣，這是典型的女強人面相。』
我說，『人家一看到妳，會以為妳是董事長。』
「那看到你呢？」她的表情漸漸鬆弛。
『我就是一般的助理模樣，而且還是長得很不好看的助理。』
「你好像很介意我說你長得很不好看。」她終於笑了起來。

『看看鏡子中的我和妳。』我們走到玻璃鏡前停下腳步，『這哪點像
　　有錢的男人和情婦？明明就是助理陪著董事長！』
她也看著鏡子，邊看邊笑。
『來啊，否定我的說法啊。』我說，『妳一定認為我說的對。』
她依然笑個不停，沒回話。
『妳真的不想否定我的說法嗎？』我說，『否定一下嘛，拜託。』
「北七。」她笑說。

『董事長。』我鞠躬哈腰，『請問接下來要去哪裡？』
「去喝咖啡。」她說。
我們買了兩杯咖啡，坐在小廣場旁，看著廣場上的活動。
有個女盲人正賣力演唱，但人來人往，沒人駐足傾聽。
只有雨弓很專注聆聽。

『妳身上有 100 塊鈔票吧？』我問。
「有。」她看了看她的包。
『我們去表示一點心意吧。』等一首歌唱完後，我說。
我和雨弓走到女盲人面前的捐獻箱，各投一張百元鈔票。
雨弓微笑說很好聽，女盲人說了聲謝謝。

時間差不多了，我們該開車回去了。
『董事長。』我打開車門，鞠躬哈腰，『請上車。』

雨弓笑著坐上車。

「我以前就跟你說過，你總是能把沉重的事情說得很有趣。」她說。

『謝謝董事長誇獎。』我說，『那可以加薪嗎？』

「可以。」她笑了，「回去就加薪。」

回程的路上，我們依然一路聊著。

「我常想，把我和你之間的事說給人聽。」雨弓說，「只可惜找不到任何人可以說。」

『沒人能說也好。』我說，『因為我們是不會被祝福的。』

「是呀。」她似乎嘆了口氣，視線朝向遠方。

『董事長。』我說，『如果累了，您可以睡一下。』

「北七。」她說，「再怎麼累，現在我也不會閉上眼睛。」

我伸出右手，握住她左手。

她身體一震，轉頭凝視著我。

過了一會，她轉動左手，變成跟我十指交扣。

我們都不再說話，只聽見車子行進的細微引擎聲。

「這樣好開車嗎？」過了許久，她問。

『還可以。』我說。

「你平時會想念我嗎？」雨弓問。

『我每天 24 小時都是處於這樣的狀態。』我說。

「你也會甜言蜜語哦。」

『我是說真的。』

「真的嗎？」

『嗯。』我點點頭，『真的。』

雨弓凝視我一會，然後輕輕嘆了口氣。

「如果你很想念、很想念我時，你會怎麼辦？」雨弓又問。

『我會找一個離妳最近的地方，然後開始想念妳。』我說。

雨弓左手突然使力，原本十指交扣變成十指緊扣。

這種緊扣狀態，持續到我下車。

我在公司外 500 公尺處下車，下車時我沒道別，下車後我沒回頭。

雨弓直接開車回家，我則走回公司。

今天沒重要的會議，所以還好。

如果有要完成的工作，我就留在公司做完，多晚下班都沒問題。

這天晚上，她有 Line 我，第一句就是：

「謝謝你今天的陪伴。」

我突然有些不捨，感覺她似乎成了一個寂寞的人。

雨弓原本不應該是寂寞的人，但因為我而變得寂寞。

她與我之間的事，她只能深藏，無法與別人分享這些心情，

所以不得不寂寞。

只有當我陪伴時，她才能訴說這些心情，也才不會感到寂寞。
然而如果沒有我，她便不需深藏任何心情而可以訴說所有心情，
這才是真正不寂寞。

「我今天覺得最快樂的事，就是跟你一起投錢給女盲人。」她傳。
『為什麼？』我回。
「因為我和你都需要多做善事呀。」她傳，「以後只要有機會，我們
　都要像今天一樣。每次每次，都要把握。」

雨弓很高興，滔滔不絕傳著訊息，而我能理解那種心情，
更能理解她說需要多做善事的原因。
一般人如果做了善事，通常會快樂一下；
但我和雨弓是罪人，除了也會快樂外，還多了一種贖罪感。

從此如果碰到她出差，只要狀況允許，我們便會同行。
如果有時間，我們會在高速公路的休息站，甚至只是路旁的 7-11，
找個地方坐下，喝杯咖啡。一旦看到任何捐獻箱，絕對解囊。
即使沒有時間，光開車過程中的獨處，也足以令我們感到幸福。
而回來後的當晚，雨弓也總會 Line 我。
第一句一定是：「謝謝你今天的陪伴。」

原本以為這樣就夠了，不敢再多奢求。

沒想到在一個冬天的夜晚，沒有降雪，而是降下驚喜。

「去澎湖好嗎？」雨弓傳。

我愣住了，心想她是不是傳錯人了？

「好嗎？」她又傳。

『好。』我回。

雖然我很納悶為什麼會有這種機緣？但我並沒有多問。

出發前一天，她在頂樓陽台把身分證給我，方便我隔天辦理登機。

出發當天，我和雨弓分別坐車前往松山機場，搭同一班飛機。

我辦好登機手續，悄悄把她的身分證和登機卡放在她身旁的座位。

我走開後，她拿起證件，而我在離她 20 公尺遠的位置坐下。

排隊登機時，我排在她後面，但我們之間還有十個人。

直到上了飛機才比鄰而坐，她坐窗邊。

一小時的航程中，她全程看著窗外，沒跟我有任何互動或交談。

飛機落地，我先起身下機，她等一分鐘後再起身下機。

但我剛走出馬公機場，她卻突然跑到我身邊。

我愣了愣，不知道是不是該繼續假裝陌生？

「我們去租一輛機車吧。」她笑了笑，拉了拉我手臂。

直到此刻，我才知道警報已解除。

澎湖冬天風大，尤其是很狂的東北季風，騎機車可能會很辛苦。

我問她要不要租車子而不是租機車？

「風大才好。」雨弓竟然唱起歌，「就讓風將我的淚吹乾……」

『黃鶯鶯的〈只有分離〉。』

「你好厲害。」她笑了。

我騎著機車，雨弓在後座雙手環抱我整個腰。

冬天的東北季風真的超狂，尤其是迎風面的北環——我騎的路線。

有時還會突如其來一陣更狂更猛烈的風，嚇我們一跳。

而海面上也會揚起超大的浪，非常壯觀。

「愛你依然沒變，只是無法改變，彼此的考驗……」雨弓大聲唱著。

『妳還在唱〈只有分離〉？』我大聲說。

「對。莫名其妙就想唱這首歌。」她繼續大聲唱，「只有只有分離，
　　讓時間去忘記，那一份纏綿……」

風大浪大下，雨弓一路上都很興奮，我從未見過她這種興奮模樣。

她身體前傾貼住我的背，雙手始終環抱著我，大聲跟我談笑或唱歌。

我的頭略微左偏，雙眼仍盯著前方，偶而我會放開握著把手的左手，

輕抓住她環抱著的雙手，也大聲回應她。

我們彼此緊密貼近，彷彿這樣便可以克服所有狂風巨浪。

台灣西海岸的沙灘幾乎都是黑色的海沙泥，而且會黏人；

而澎湖的沙灘是白色細緻的貝殼沙，即使沾上身，用手一撥就掉。

我和雨弓被一大片白色沙灘所吸引，便停下車，走進那一片白。
地圖上並沒有標示這裡的名稱，算是個無名沙灘，但美得令人窒息。

冬天的遊客較少，這裡在地圖上又沒被標示，因此沙灘上人很少。
方圓 100 公尺內，只有我和雨弓並肩坐著吹海風。
這裡像靜謐的仙境，稍微可惜的是，此時太陽被灰濛濛的雲層遮蔽。
「雖然只是外島，但離開台灣，就好像離開現實的世界。」雨弓說，
「在這裡，我只是你的雨弓，而你就只是我的 Redsun。」
我有些感動，左手握著她右手，她輕輕轉動右手，變成十指交扣。

「你看！」雨弓突然大叫一聲，左手遙指遠處的海面。
海面上浮現點點金光，陽光終於穿透厚厚的雲層，灑在海面上。
『我看到了。』我說，『不管烏雲有多厚，陽光總能突破困境，灑在
　海面上。』
「哇！這段話好棒！」她笑了，「你要把這段話記下來。」
『好。』我點點頭，『我會寫在頂樓陽台上。』

「再說一次好嗎？」雨弓說。
『不管烏雲有多厚，陽光總能突破困境，灑在海面上。』我說。
「沒錯。」她笑了，「所以我們一定會在一起。」
『對。』我也笑了。

雨弓站起身，往前奔跑十幾步後停下，雙手圈在嘴邊朝海面大喊：

「我是雨弓，我愛 Redsun。我們一定會在一起……」

『我是 Redsun，我愛雨弓。我們一定會在一起……』

我也起身往前奔跑到她身旁，雙手圈在嘴邊朝海面大喊。

「蔡揚宏，我愛你……」雨弓又大喊。

『龔羽婷，我愛妳……』我也大喊。

「蔡揚宏，我愛你愛到破表……」

『龔羽婷，我永遠永遠愛妳……』

「你贏了。」她笑說，「你說了永遠。」

『承讓。』我也笑了。

我們呼喊後又坐了下來，十指緊扣，欣賞海面上金光閃閃。

「這是我這輩子最快樂的時刻。」雨弓說。

『妳好像很喜歡用這輩子這個字眼。』我說。

「因為真的是這輩子呀！」她笑了。

和她並肩坐在潔白的沙灘上，面對一望無際的海，任時間緩緩流逝。

用這輩子這個字眼來形容此情此景，確實不為過。

天色暗了，我們騎機車離開這片白色沙灘。

找了家店，各吃碗小管麵線當作晚餐，而且還吃仙人掌冰。

「冬天吃冰雖然很冷，但很過癮耶。」雨弓邊發抖邊說，「既然覺得
　　冷了，我們乾脆去這附近的鯨魚洞吧，那邊一定超冷。」

鯨魚洞原本是黑色玄武岩的海崖，在長期海蝕作用下，
最後貫穿而形成一個巨大岩洞，外形很像鯨魚因而得名。
晚上去有些危險，因為天很黑、石頭很滑，而且懸崖下面就是海了。
打開手機的手電筒，我牽著她的手，小心翼翼走進洞內。
現在應該是退潮，在洞內可以聽見轟隆作響的潮音，
感覺洞外似乎是驚濤駭浪。

鯨魚洞內既陰森又寒冷，雨弓幾乎冷到說不出話了。
「你有兩個選擇，一個是看我冷死，另一個是抱著我讓我溫暖些。」
她直打哆嗦，「你有那麼難選嗎？」
『我加碼。』我笑了笑，脫下我外套讓她穿上，再抱住她。
「你不會冷嗎？」她問。
『當然會冷。』我說，『但心裡很溫暖。』
聽到我說了冷，她急忙想脫下外套還我。

『妳也有兩個選擇。』我說，『一個是妳不穿我外套而冷死然後讓我
　　內疚，另一個是穿上我外套然後妳溫暖我也溫暖。』
「遇見你之後，我就只有一個選擇。」她說，「我的選擇就是你。」
『妳贏了，妳比我會說話。』
「承讓。」她笑了，聲音不再有抖音。
我抱著雨弓，在驚濤駭浪中，找到唯一的寧靜。

「聽說我們是不能擁抱的戀人。」雨弓說。

『不管了。』我說。

「嗯。」她說,「不管了。」

不管要面對什麼,總之不管了。

「將來老了,你想住哪裡?」雨弓從我懷中探起頭,問。

『人少一點的地方,最好看得到海。』我說,『我喜歡海。』

「那帶我一起去吧。」

『妳會喜歡嗎?』我說,『感覺妳應該喜歡紐約、東京、上海之類的
　大都市。』

「你喜歡人少,我就喜歡人少。你喜歡海,我就喜歡海。」

說完後,雨弓凝視著我,我下意識抱緊她。

「我是天秤座,很難下決定。」她說,「但我早已決定,要跟著你,
　不管你要不要我。」

『真的嗎?』

「嗯,真的。」她用力點了點頭,「那你要我嗎?」

『要。』我說。

「好。」她笑了,「不管要等多久,我們都要在一起。」

『沒問題。』我也笑了。

寒冷陰森的鯨魚洞裡,終於變得明亮而溫暖。

「這是我這輩子最幸福的時刻。」雨弓說。

『妳今天說了兩次這輩子。』

「那麼今天就是我這輩子說這輩子次數最多的日子。」她笑說。

我也笑了，覺得她很可愛。

離開鯨魚洞時已是很深的夜，但回到民宿還有段路，大約 27 公里。

四周一團漆黑，最明亮的似乎是滿天的星光。

我們不趕時間，慢慢騎，偶而停下來看看星星、聽聽潮聲。

經過跨海大橋時，我們有一種航行在海面上看著滿天星斗的錯覺。

「各位星星，你們好！」她仰頭朝星空大喊，「我是雨弓，騎機車
載我的人是 Redsun。我們是一對不被祝福的戀人，但無論如何，
不管怎樣，將來都要在一起……」

海面揚起波濤，彷彿大海在應和，而星星也更亮了。

♫♫♫♫♫

雨弓仰頭朝星空大喊的餘音還在腦海縈繞，
餐桌上卻正在熱烈談論某個話題。
我留心傾聽，原來大家在聊遠東航空停止營運這個話題。

那年我和雨弓去澎湖，坐的就是遠東航空的班機。
因為帶給我滿滿的美好回憶，因此我一直對遠東航空心存感激。
沒想到已經停飛，令人不勝唏噓。

「我超不爽的，本來計畫好利用過年跟我老公去韓國的濟州島度假，
　票也已經訂好了，就是訂遠東航空。」坐在 2 位置的阿瑛大聲說，
「結果竟然不飛了，害我年假泡湯。馬的剉冰！」
雖然阿瑛很倒楣，但聽到她罵粗話卻覺得很好笑，不禁笑了起來。

「喂，揚宏。」阿瑛問，「你在笑什麼？」
『覺得妳被放鴿子很倒楣。』我說。
「那你還笑？」阿瑛說，「罰三杯。」
『三杯就三杯。』我很阿莎力。

「剛好敬我們三個女生。」

啊？不要吧？

坐在 9 位置的人已把我的酒杯倒滿，我無奈舉杯先敬阿瑛。

才剛放下杯子，又立刻被倒滿，只得再敬小白。

連喝三杯不是問題，問題是第三杯要敬雨弓啊！

舉起第三次被倒滿的杯子，一時之間有些不知所措。

「揚宏，應該是我敬你才對。」雨弓說，「剛剛忘了敬你。」
                                                              .

這臨場反應太好了吧。

雖然今晚敬酒時她跳過 7、9 和我，留下一點貓膩；

但她利用這機會敬我，而且坦承之前忘了敬我，那就無懈可擊了。

幸好奧斯卡金像獎有分男演員和女演員，如果只有一座演員獎，

我的演技絕對贏不了她。

我硬著頭皮舉杯對著她，眼睛也不得不直視她。

她左手舉杯，而且先乾為敬。

當杯子碰觸她嘴唇時，一道淡紫色光芒刺向我眼睛。

那是她左手腕戴著的紫玉髓手鐲。

我心頭一驚，握著酒杯的手當場凍結。

「喂。」9 用手肘碰了碰我，「你在幹嘛？」

我趕緊一飲而盡，但喝太快了有點嗆到，咳了幾聲。

匆忙放下酒杯時，酒杯沒站穩，倒在桌上。

剛認識雨弓時，她就是戴著那個紫玉髓手鐲。

手鐲呈淡淡的紫色，看起來非常高雅。

她從高中時開始戴，已經戴了 20 幾年，而且從不拔下。

但當我送她一條手鍊後，她毅然決然拔下手鐲，只戴我給的手鍊。

那應該是一種決絕。

如今她解開我給的手鍊，又戴回紫玉髓手鐲，這也是一種決絕吧。

雨弓是個很難下決定的人，然而一旦下了決定，

她就會用驚人的意志力徹底執行。

我常常能感受到她想徹底執行某些決定時的決絕。

比方去澎湖的第一天，她在無名的白色沙灘、鯨魚洞時所說的話，

還有經過跨海大橋時她朝著星空吶喊的話語。

我不僅能感受到她的決絕，而且從打從心底相信她會做到。

如今雨弓卻用另一種決絕，去推翻之前的決絕。

我們之間，後來到底發生了什麼？

我拼命想，繼續檢視我和她之間的軌跡，想找出答案。

在澎湖的第二天早上，我和雨弓到馬公市的中央老街逛逛。

這次不必扮演董事長與助理，而是我們之間最真實的樣貌——
雨弓和 Redsun。
雖然我們不能買任何紀念品，也不能帶任何伴手禮，
但光是終於可以像正常情侶般逛街，已經是破天荒了。

我們很悠閒、自在而且隨興地逛，最後走進澎湖天后宮。
這座天后宮是明朝萬曆年間創建，至今已超過四百年。
對於傳統的信仰，雨弓說她一直是個非常虔誠的人。
所以我們點了香，很恭敬地參拜，最後添了香油錢。
在天后宮裡，我們是香客，而不是遊客。

「這裡的媽祖一定很靈驗。」雨弓說。
『嗯。』我點點頭，『當然。』
「我有時會到廟裡擲筊，求神明指點迷津。」
『我也是耶。』
「那你敢不敢擲筊問媽祖，你是不是真的愛我？」
『啊？』我愣了愣，『這不是敢不敢的問題，而是問媽祖這種問題
　　會不會太失禮、太……』
「不敢就算了。」她打斷我。

我立刻去拿筊杯，將筊杯順時針繞三圈香爐後，跪下來準備擲筊。
「我是開玩笑的。」雨弓急忙拉住我。
『妳也跪著一起聽。』我沒起身。

「不要逞強。」她說，「如果你沒擲出聖筊，那就尷尬了。」

『妳跪著注意聽，還有要看清楚。』我拉了拉她，要她跪下。

雨弓只得也跪在我身旁。

『我是蔡揚宏，請問媽祖，我是不是真的愛跪在我身旁的龔羽婷？』

我小聲說，『如果是的話，請媽祖賜我一個聖筊。』

我很緊張，心跳破表，但也只能硬著頭皮擲筊。

筊杯從我手中拋出時，我的心臟彷彿也從口中拋出。

兩個筊杯在地上翻轉幾下，最後靜止。

結果是一陽一陰，聖筊。

我幾乎快興奮地跳起來，但我努力克制，轉頭得意地看著雨弓。

雨弓臉紅了，她看了看四周的香客與遊客，似乎很尷尬。

「快走啦。」她低聲說。

『等一下。』我說，『我要再問一個問題。』

「別再問了。」

『請問媽祖，我將來是不是會……』

話沒說完，雨弓迅速起身走開，我趕緊將問題問完後擲筊。

又是一陽一陰的聖筊，但雨弓已經快走到廟門了。

『又是聖筊耶。』我起身追上雨弓，『可惜妳沒看到。』

「我相信就是。」她滿臉通紅，「這裡人很多，快走啦。」

『妳要不要聽聽看我問的第二個問題？』

「出去再說。」她走出廟門，「真的超級尷尬。」

『妳剛剛還說我會尷尬，結果尷尬的人是妳。』我笑了。

「算你厲害。」她說。

『我跟妳說我擲筊的第二個問題吧。』我說。

「不用了。」她臉上的紅潮還未退，「想也知道你在問什麼。」

『知道就好。』我哈哈哈笑了三聲。

我愛雨弓這件事被神明認證，這讓我很神氣，也充滿自信。

媽祖應該不會保佑我和雨弓將來可以在一起，我也不敢求祂保佑，

但祂肯賜我聖筊而非怒筊，已足以令我感恩戴德。

我拉著雨弓又走入廟門，跪在媽祖面前，叩頭謝恩。

這次她並不覺得尷尬，而且叩頭的神情很虔誠。

時間差不多了，該去機場坐飛機回台灣了。

原本還在說說笑笑，但一踏進馬公機場，雨弓又變回陌生人的樣子。

等候登機、上了飛機、飛機落地，我們持續扮演彼此陌生的角色。

甚至當我走出松山機場時，她已不見蹤影。

我待站在機場門口，回想在澎湖所發生的一切。

突然覺得那是夢境嗎？

而我已經回到現實了嗎？

當天晚上，雨弓傳了 Line，第一句還是：

「謝謝你這兩天的陪伴。」

即使這兩天去澎湖是名符其實一起去玩，但她還是用陪伴這個字眼，

而不是用這兩天玩得很開心之類的形容。

『我在天后宮擲出聖筊，妳放心了嗎？』我傳。

「沒有。」她回。

『啊？』

「因為神明都是慈悲的，也許是怕你尷尬、怕傷了你，才給你聖筊。

　所以即使你擲出聖筊，也不表示你真的愛我。」

『這……』

「北七。」她傳。

『嗯？』

「我當然相信你呀。而且已經很放心了。」

『那就好。妳嚇了我一跳。』

「北七。晚安了。」

回想在天后宮擲筊的過程，在我拿起筊杯那瞬間，

我心裡只有一個念頭：我要證明我是真的愛她。

那應該也是一種決絕。

而這種決絕，讓我覺得我像是那個撿手帕的男人。

因為我相信他要走進獅子籠時，一定有一種決絕的心情。

隔天下午，雨弓約了我在頂樓陽台碰面。

『我們來畫個圖吧。』我說。

「畫圖？」她很納悶。

在老位置旁邊的地板上，我左手掌貼地、雨弓右手掌貼地，

我右手拿石頭描出我們兩人總共十根手指的輪廓，

而且兩根拇指有接觸。

然後我在我左手掌圖案裡寫：Redsun，

雨弓則在她右手掌圖案裡寫：雨弓。

在我們兩人手掌圖案的上方，我再用石頭刻下：

「不管烏雲有多厚，陽光總能突破困境，灑在海面上。」

深灰色地板刻出白色線條，字跡和圖案都很明顯。

我和雨弓微笑注視著地板上的文字。

腦海裡浮現澎湖無名的白色沙灘上，我們並肩坐著，十指緊扣，

欣賞海面上閃閃金光的景象。

「以後只要覺得懷疑、沮喪、不安、氣餒、難過、痛苦、撐不下去，
　我們就來這裡看看這段話。」她說，「好嗎？」
『好。』我點頭。
從此只要我和雨弓在頂樓陽台碰面，離開前總會看一眼那段文字。
這段話彷彿可以給我們滿滿的能量、信心和勇氣。

從澎湖回來後，我一直想找樣東西作為信物，而不是單純的禮物。
想了很久，始終沒有滿意的答案。
直到有次她左手的紫玉髓手鐲反射陽光，光芒射進我眼睛。
所謂靈光一閃，大概就是這麼回事。

我花一個月時間，收集紅色紅玉髓、橙色芬達石、黃色黃碧璽、
綠色橄欖石、藍色青金石、靛色坦桑石、紫色紫水晶等七色寶石。
利用七個橢圓形白金空托各鑲嵌一顆彩色寶石，
然後依照紅、橙、黃、綠、藍、靛、紫順序，
以白金鏈串成一條代表雨弓閃爍著七色光芒的手鏈。

雨弓一拿到這條手鏈，眼睛立刻發亮。
她小心翼翼戴在右手，左看右看，上看下看，非常開心。
然後她身體竟然微微顫抖。
『怎麼了？』我問。

「我只是太高興了。」她聲音也發抖。

在頂樓陽台時，連興奮的心情都得壓抑，壓抑不住時只能顫抖。

「這就是我這輩子最喜歡的東西，不，是最愛的東西。」雨弓說，
「沒有之一。」

『妳又說這輩子了。』

「我就要說這輩子。」她高舉右手，手鏈在陽光下閃閃發光，
「這條雨弓手鏈就是我，我就是雨弓！」

她很得意，情不自禁伸出雙臂想擁抱我，幸好忍住。

一個禮拜後，雨弓和幾個閨蜜好友一同去法國玩。

她用 Line 傳了一段影片給我，長度 15 秒。

雨弓背對鏡頭往前跑向艾菲爾鐵塔，跑了十幾步後停下並轉身，
高舉右手對鏡頭大喊：「蔡揚宏，我愛你！」

天空應該正飄著雨，很多遊客撐著傘，地面看起來很濕滑。

雨弓說她先悄悄離開好友，然後找個老外幫她拍。

「老外拍完後，說我很 crazy。」她傳。

『妳沒滑倒吧？』我回。

「沒。」

『妳高舉右手的樣子，很像自由女神。』

「我戴著雨弓手鏈，所以是雨弓女神才對。」

『妳確實是女神沒錯。』

隔天雨弓又傳了一段影片，長度更短，只有 5 秒。

她在巴黎聖母院裡坐下來禱告，然後她自拍右手腕的雨弓手鏈。

「蔡揚宏，我愛你。」她低聲說。

她的聲音幾乎細不可聞，但畫面中的雨弓手鏈卻非常閃亮。

「你要把音量調到最大，因為在聖母院裡我不敢大聲說話。」她傳。

『我調到最大了。可以聽到。』我回。

「我還有祈禱讓我們在一起哦。」

『很好。那我們一定會在一起。』

她傳了一張「點頭」的貼圖。

雨弓回台灣三天後，我們在頂樓陽台碰面。

她把雨弓手鏈改戴在左手，而原本的紫玉髓手鐲已經不見。

『妳的紫玉髓手鐲呢？』我問。

「拔掉了。」她說。

『啊？』我嚇了一跳。

我記得她說當初買那個紫玉髓手鐲時，幾乎戴不進左手，

最後費了九牛二虎之力才終於戴進。

因為很難拔下，所以 20 幾年來一直戴著，半秒都沒離開左手。

『那妳怎麼拔下？』我問。

「就費了十八牛四虎之力。」她聳聳肩。

我看著她的左手，想像拔下紫玉髓手鐲的艱鉅。

「反正從今以後，我只要戴你給的雨弓手鏈。」雨弓說。

她的語氣很堅定，這應該也是一種決絕。

我感動得說不出話。

「我還拿著雨弓手鏈去廟裡過香爐哦。」她邊說邊笑，「別人拿手鏈
　　過香爐是希望戴著保佑平安，我拿手鏈過香爐是希望戴著可以保佑
　　我們將來在一起。」

『那我要戴什麼？』我問。

她拿紅筆在我左手腕畫了個簡單的太陽圖案。

「這代表 Redsun。」她說，「你送我雨弓，我就送你 Redsun。」

『差太多了吧。』

「北七。」她笑了，小聲地笑。

雖然只是用紅筆畫在手腕上的太陽，但我洗手和洗澡時會刻意避開。

小心保存了三天。

因為見不得光，我和雨弓的每個日子都必須低調。

而戀人間的特殊日子，比方生日、情人節、耶誕節等等，

我們反而必須比平常日子更低調。

在這些特殊的日子裡，我們一定避免在頂樓陽台碰面，
甚至也不會互傳 Line。

往好處想，我沒有一般男生每到特殊日子便想破頭要送什麼禮物，
或是該如何慶祝、如何製造驚喜的困擾。
但代價是我失去和戀人一起紀念某個日子的幸福感。
不過後來雨弓想出一個日子，紀念我和她之間。

「請你吃巧克力。」雨弓說。
『喔？』我愣了愣，接下她遞過來的巧克力，『謝謝。』
我撕開包裝紙時，她低聲驚呼。
「不要撕開。」她說。
『不要撕開？』我很納悶，『是要連包裝紙一起吃嗎？』
「北七。」她拿走我手上的巧克力，小心拆開包裝紙。

她將拆開包裝紙後的深咖啡色巧克力遞給我，我一口塞進嘴巴。
「包裝紙不要嗎？」她問。
『我待會丟。』我拿走她手中的包裝紙，順手一揉，放進上衣口袋。
「好。」她說，「丟得越遠越好。」
『嗯？』
「最好撕爛再丟，千萬不要看。」

雨弓的表情有些怪異，我拿出口袋裡的包裝紙，攤開一看。

「雨弓愛 Redsun。生死不渝。」這是包裝紙上的黑色文字。

「丟呀！快丟呀！」她說。

我眼角有點濕潤，不敢回話，怕不小心哽咽。只好傻笑。

「北七。」她笑了。

這張包裝紙已被我撕開一角，幸好沒傷到字。

我用手將這張紙仔細壓平，慎重收進口袋。

「還有一顆。」她說。

這次我就小心翼翼拆開包裝紙，先吃巧克力，再看包裝紙上的文字。

「雨弓 & Redsun。永遠在一起。」這是第二張包裝紙上的黑色文字。

我又將第二張包裝紙壓平，收進口袋。

雨弓應該是先拆開包裝紙，寫好字，再重新包裝，像從沒拆過一樣。

沒想到雨弓的手很巧，心很細。

「今天是幾月幾號？」她突然問。

『七月七號。』我說，『就是七七事變或盧溝橋事變的日子。』

「情人節快樂。」雨弓說。

『啊？』我說，『今天不是情人節吧？』

「我知道。」她說，「別人過七夕情人節，農曆七月七號。我和你過
　國曆七月七號，這天就是專屬於我們的情人節。」

『好。』我笑了，『情人節快樂。』

「情人節快樂。」她又說。

『情人節快樂。』我也說。

我和雨弓彼此凝視著，似乎都有點激動。

正常的情侶應該無法體會我和雨弓能夠當面說情人節快樂時的激動。

隔年的國曆七月七號，第二次專屬於我和雨弓的情人節。

雨弓給了我三顆巧克力。

第一顆的包裝紙寫：天上地下。

第二顆的包裝紙寫：人間海底。

「你猜第三張寫什麼？」她問，「答案是五個字。」

『嗯……』我想了一下，『不是永遠在一起就是都要在一起。』

「既然你猜對了，就不用看了。」她作勢要撕掉包裝紙。

『喂！』情急之下叫了一聲，聲音有點大，我下意識遮住嘴巴。

她笑了笑，把第三張包裝紙給我，上面果然寫：都要在一起。

天上地下。人間海底。都要在一起。

「我的禮物呢？」她伸出手。

我沒回話，解開上衣第一顆扣子，再解開第二顆扣子……

「喂！」她說，「幹嘛脫衣服？」

『小聲點。』我拉開上衣，露出胸口。

我已在胸口用黑色奇異筆寫：雨弓。

「這是我這輩子最難忘的禮物。」她笑了起來。
『妳又說這輩子了。』我問，『為什麼難忘？』
「你這麼北七，當然難忘。」
她拿出手機，拍下我胸口上寫的黑色雨弓。
我們不能合照，也從不合照，所以這是她所擁有的第一張我的相片。
但是沒有我的外貌，只有我的心。

對於我和雨弓這對不能也不會被祝福的戀人而言，我們只有彼此。
如果真要在一起，必須持續加強各自的信心和勇氣，
這樣才足以克服所有的阻礙和考驗。
而且也必須不斷加大彼此在對方心中的分量，
直到那種分量不可或缺且無法取代。

可惜再美麗的地毯，總有一面是粗糙的。
對我而言，雨弓一直是美麗的存在，毋庸置疑。
我熟悉雨弓這美麗的地毯正面，但雨弓的另一面——龔羽婷，
就是粗糙的地毯背面。
不是龔羽婷那一面不好，而是那一面我並不熟悉，且無法掌握。

但對雨弓的家人和所有親朋好友而言，

龔羽婷那一面才是美麗的地毯正面。

而龔羽婷的另一面——雨弓，卻是他們完全看不到的地毯背面，

也絕不能被他們看到。

因為這一面是雨弓和 Redsun 的一切，不僅粗糙，甚至是醜陋。

雨弓必須不斷轉身面對不同的人，面對 Redsun 時，她是雨弓；

面對其他人時，她是龔羽婷，而且絕不能讓其他人看到雨弓。

如此不停轉動和隱藏，她不會累嗎？

雨弓曾說過，我是這輩子最懂她的人。

雖然她又用了這輩子這個字眼，但這個說法我非常認同。

只不過應該修改成：我是這輩子最懂雨弓的人。

因為只有我看得到雨弓。

至於這輩子最懂龔羽婷的人，誰都有可能，但絕對不是我。

因為我很少能看到龔羽婷那一面。

雨弓偶而會跟我說起龔羽婷那面的生活，

還有每年的尾牙聚會和平常同事們也會說起龔羽婷的一些事。

每當我不小心看到龔羽婷那面，除了感到陌生和訝異外，

大概都是難受、刺痛等負面情緒，而且還會有很深的罪惡感。

從旁人的口中，龔羽婷是賢慧的妻子、盡責的母親；

而在我的眼中，雨弓是生死不渝的戀人。

我必須假設雨弓的生活應該是不太快樂，並過著鬱悶的日子。
如此我的存在或許才有些微意義，而我的罪惡感也才不會太深。
可是我聽到關於龔羽婷的生活，不管是雨弓自己說的或是旁人說的，
總是充實又有趣，而且看似幸福美滿。
我的罪惡感並沒有減輕，反而越來越深。

有次我和雨弓在頂樓陽台時，她接到電話，是她先生打來。
她瞬間變成龔羽婷，與他談論晚餐細節，
還有女兒今天下課時該由誰去接送。
掛斷電話後，雨弓和我都有點尷尬。
我也明白即使是在頂樓陽台這唯一的容身之處，
她也不是只屬於我的雨弓，而是許多人共有的龔羽婷。

偶而我會想起那次下雨天跟她各自撐傘在頂樓陽台時，她所說的話：
「我們到底在幹嘛？」
這句話真的是一語雙關。
我在幹嘛？試著破壞雨弓正常的生活和家庭？
而雨弓在幹嘛？難道我在她心中的分量是不可或缺且無法取代，
值得讓她犧牲一切？

我曾經做了幾個感覺很真實的夢，情景都差不多。

大概都是我和雨弓正在某個地方談笑或遊玩時，她突然說：

「我該回去了。我還有先生和女兒，他們在等我回去。」

原來我的夢境才能呈現真正的現實，

而我以為我和雨弓在一起的現實，其實才是夢境。

我還做過一個奇怪的夢。

夢裡有隻獅子在追殺我，我拼命逃，但牠一直緊追不捨。

原以為這只是單純的惡夢，但後來想想，這何嘗不是現實？

一旦要跟雨弓在一起，所有的壓力勢必像張開血盆大口的獅子一樣，

將我吞噬。

我相信雨弓想跟我在一起的決絕，這也是毋庸置疑。

但我能理解，也能想像雨弓面臨的壓力，只是可能無法體會。

甚至覺得她應該可以輕易克服這些壓力。

直到有天在頂樓陽台，我終於體會雨弓的壓力。

那時距離雨弓送我〈傳奇〉這首歌，大約兩年半。

那天我和雨弓聊到小藍，她說她早已將小藍送人了。

『為什麼？』我很驚訝。

「我很喜歡小藍，但我只能送人。」她說，「因為很多人都知道小藍
　是你送的，如果我一直留在身邊，別人會懷疑我和你之間。」

我覺得似乎不必如此，但又覺得她的考慮也合理，便沒回應。

「你是不是覺得我想太多了？」她問。

『有一點。』我說。

「我是不得不。」她說，「你知道說謊是我的日常嗎？」

『啊？』我大吃一驚，『怎麼可能？』

「每天想找時間 Line 你時，還有偶而跟你通話，都要說謊。光去澎湖
　那次，我得說多少謊，你知道嗎？而且明明說謊，別人卻死心塌地
　相信你，你知道這有多難受嗎？我總是作賊心虛，每當旁人的言談
　舉止有點異樣，我就害怕他們是不是已經發現了我和你之間的事？
　雖然我知道應該不可能，可是總有一股揮之不去的恐懼籠罩著我，
　就像殺了人之後，即使屍體藏得非常隱密，依然害怕總有一天屍體
　會在機緣巧合或陰錯陽差下被發現。」

雨弓一口氣說完，我越聽越驚。

兩年半來，我始終認為我和雨弓雖然只能躲藏、不被祝福，

但所有的壓力、苦痛、障礙，都不能阻撓我們想要在一起的決心。

而雨弓的決心，我更是深信不疑。

然而雨弓面對的卻是揮之不去的恐懼和罪惡感，

這些並不是有決心就能克服。

當恐懼和罪惡感不斷一點一滴啃蝕她的決心，經年累月後，

她的決心還能堅定嗎？

「你可以教我說了謊之後，不會難受的方法嗎？」她問。
我答不出來。
「或是你可以教我做了賊之後，不會心虛的方法？」她又問。
我還是答不出來。

我突然發現除了原有的罪惡感之外，我又多了另一種更深的罪惡感。
這種罪惡感是因為雨弓承受的罪惡感而導致我的罪惡感。

「Redsun，我們可不可以十年都完全不聯絡？」她說。
『十年？』我嚇了一跳。
「嗯。」她說，「十年後女兒就成人了，我就可以跟你在一起了。」
『但為什麼要十年都不聯絡？』
「這樣我就不需要常常說謊，也不會作賊心虛。」她說，「我們各自
　平靜生活十年，等十年後我們就可以在一起了。」
我無法答話，隱約覺得這想法應該是太天真了。

「請你相信我，我一定可以把我們之間的感情好好保存十年，我絕對
　做得到。」她的語氣很懇切也很堅定，「就像先把感情冷凍十年後
　再解凍，感情是不會變的。」
『妳意思是說，就像電影上那種可以冷凍人的機器，等未來某個時間

一到，解凍後人還是好好活著。妳要把我們之間的感情放入類似的
愛情冷凍機器，等十年後解凍，愛情依然如十年前那樣？』

「對對對。」她很興奮，「就是這個意思。」

我看著雨弓，覺得她果然天真。

先不要說根本沒有愛情冷凍機器，所以原以為是把愛情冷凍十年，
其實是埋在地下十年。十年一到，挖出來的愛情早已腐爛。

即使世上真的有愛情冷凍機器，十年一到，愛情依舊新鮮。

但原本的兩人，各自經歷了十年時間，人卻是會改變的。

『有一個更簡單的方法。』我說，『我們一起坐時光機到十年後，
這樣馬上就在一起了，根本不必等十年。』

「哪有時光機這種東西。」她說。

『既然沒有時光機，難道就有冷凍愛情的機器？』我說。

她愣住了。

「為什麼你不相信即使我們完全不聯絡，我依然會好好把你放在心中
十年，十年後還是一樣愛你？」沉默一會後，她說。

『我不是不相信妳，我只是更相信時間。』我嘆了一口氣。

雨弓臉色一沉，不再說話。

而她左手腕上的雨弓手鏈，似乎也失去光芒，變得黯淡無光。

♌♌♌♌♌♌

菜應該都上完了，而我們 12 個人還是聊個不停。
我很努力控制我的視野內不包括雨弓，
但在大家彼此間互相聊開的情況下，變得很困難，也會很奇怪。

雨弓左手腕上的紫玉髓手鐲總會出現在我視野的左下角。
雖然明亮，卻很刺眼。
將近 30 年前，她費了九牛二虎之力才戴進這個紫玉髓手鐲；
五年前左右，她費了十八牛四虎之力才拔下，改戴雨弓手鏈；
現在她解開雨弓手鏈，重新戴回紫玉髓手鐲。
是不是費了廿七牛六虎之力？

桌上有道豐盛的海鮮鍋，大家都很讚賞湯頭香甜。
但火好像沒了，叫了服務生來換了罐瓦斯，順便加些湯。
火沒了可以加瓦斯，而愛情之火沒了，要加什麼？

如果以雨弓送我〈傳奇〉那首歌的時刻當作我們相愛的起點，
那麼走到終點，大約是五年八個月。

這五年八個月當中，前面兩年是熊熊烈火，第三年轉為小火，
第四年是隱約可見火光的餘燼，
而最後一年八個月只剩勉強有些熱度的灰而已。

我一直很努力想讓火苗變大，或只是維持住火苗。
但我根本沒有瓦斯或木炭之類的燃料，只能眼睜睜看著火苗變小，
變弱，若隱若現，消失，然後變成餘燼。
最後變成灰，四散在空中。

在雨弓跟我說可不可以十年完全不聯絡之後，
我明顯感受到她的變化。
我一直很想跟她解釋，我並不是不相信她的決絕，事實上我相信；
但如果她只當龔羽婷十年，十年後她轉得回雨弓這一面嗎？
或者說十年後她終於轉面，但這面還是雨弓嗎？
然而雨弓從此不再碰觸這個話題，即使我說了，她也沒有回應。

可能時間點湊巧，那個最長八天不見的紀錄也在一個月後打破。
『妳知道我們幾天沒見了嗎？』我問。
「不知道。」她想了一下。
『17 天。』我說，『所以紀錄破了。』
「沒辦法。」她說，「破了就破了。」

她的反應讓我很驚訝。

最長八天不見的紀錄已經維持兩年多，這期間她很執著維持紀錄。

如今這紀錄被輕易打破，而且直接推進到 17 天。

她的反應竟如此淡然？

沒想到紀錄剛破，新的紀錄也沒維持多久，而且一破再破。

最長 17 天不見的紀錄，推進到 23 天，再推進到 36 天……

當距離我和雨弓相愛的起點剛滿三年時，紀錄變為 51 天。

如果是運動選手，一定會被懷疑是吃了禁藥。

雨弓當然沒吃禁藥，但這種迅速破紀錄的情況讓我無所適從。

『是不是發生了什麼事？』我問。

「沒什麼。」她回答，「只是在公司當然要認真工作，太常溜去頂樓
　陽台不好。」

這話說得合情合理，我無法反駁。

所幸我和雨弓用 Line 通訊息的頻率沒什麼改變，

她依然利用安全的空檔傳 Line 給我，我們也還是無所不聊。

偶而她用 Line 來電跟我通話的情況也沒變。

在 Line 的世界裡，並未察覺如現實生活中那樣的改變。

那個專屬於我們的國曆七月七號情人節，在這一年是第三次碰到。

「情人節快樂。」雨弓傳。

『情人節快樂。』我回。

沒有頂樓陽台上的彼此凝視、沒有巧克力包裝紙，

我和雨弓只在 Line 的世界中互道一聲：情人節快樂。

我知道雨弓所面臨的壓力，也知道她總是被恐懼和罪惡感折磨。

這些都不是我所能緩解，反而正是因為我，她才必須承受這些。

而我也因為她承受的恐懼和罪惡感而導致我的罪惡感加深。

我只能靜靜陪伴她，並期待我和她都能撐過。

真正的劇變，都是從距相愛的起點進入第四年時開始。

紀錄推進到 60 天，然後推進到 80 天，再推進到 100 天，

最後變為 120 天。

數字剛好為 10 的倍數是因為我已經懶得細算，差幾天根本沒差。

以前只要差一天便很巨大，現在卻是直接省略好幾天也無所謂。

這一年內我和雨弓只在頂樓陽台碰面四次。

雨弓應該也是到頂樓陽台四次，但我卻是至少 40 次。

因為我常獨自到頂樓陽台。

「如果你很想念、很想念我時，你會怎麼辦？」以前雨弓曾問我。

『我會找一個離妳最近的地方，然後開始想念妳。』這是我的回答。

頂樓陽台上雨弓所坐的位置，就是我認為離她最近的地方。

我會獨自坐在與她相同的位置，曬曬太陽，靜靜想念她。

『為什麼妳已經很少約我到頂樓陽台了？』我傳。

「頂樓陽台的鐵門附近有個監視器，如果常拍到我們幾乎同時進出，
　可能會有危險。』

這話依然說得合情合理，我無法反駁。

雖然和雨弓一起到頂樓陽台四次，但沒有一次喝咖啡。

「有次到頂樓陽台途中，同事問為什麼兩手各拿一個保溫瓶？我一時
　回答不出。」她傳，「我怕人家察覺異樣，就不帶咖啡了。」

『妳可以只帶一個保溫瓶，然後我帶兩個紙杯。』我回。

「再說吧。」

這種字眼和語氣，應該是一種委婉的否定。

從此以後，我和雨弓沒一起喝過半滴咖啡。

我和雨弓在頂樓陽台空曠的露天咖啡廳邊喝咖啡邊聊天的情景，

已經成為往事。

這一年是第四次碰到專屬於我和雨弓的國曆七月七號情人節。

但沒有頂樓陽台的交換禮物、互相凝望；

也沒有在 Line 的世界中互道情人節快樂。

我知道這個專屬於我和雨弓的情人節，已經委婉地取消。

喝咖啡也好，專屬的情人節也好，都很有我和雨弓之間的愛情風格。
這風格就是某些東西總會無聲無息消逝。

除了頂樓陽台外，其他的碰面機會呢？
雨弓說如果她出差時我便一整天不在公司，這樣會很奇怪。
久了可能會讓人懷疑。
所以我們失去了開車過程中的獨處時間，
也不用再扮演董事長和助理，更沒有一起做善事的機會了。

我和雨弓大概只能在 Line 的世界中相聚。
但她傳訊息時，十句中有五句跟工作有關，三句跟她女兒有關，
剩下兩句才跟 Redsun 有關。
也就是說，十句中有八句是龔羽婷在傳，雨弓只傳兩句。
她甚至還要我換掉我的 Line 頭像。

『為什麼？』我傳。
「昨天女兒問我：那個日本國旗的人是誰？原本聽不懂，後來才想到
　是你。」雨弓傳，「她把 Redsun 頭像看成日本國旗了。」
我的頭像是天空中紅紅的夕陽，那是因為我是 Redsun。
正如雨弓的頭像是天空中的雨弓一樣。

『所以呢？』我傳。

「女兒小三了，她常和我一起看手機。如果她對你印象太深刻，總是
　不太好。所以你把頭像換掉吧。」

『好。』我沒猶豫，也沒反駁。

我立刻拿掉 Redsun 頭像，直接改用內定的無臉人頭像。

隔天雨弓也把雨弓頭像換成她抱著女兒的相片。

這幾年來，Redsun 頭像和雨弓頭像一直在 Line 的世界中交談，

如今卻變成無臉人和一對母女在交談。

至於 Line 的來電通話，這一年內大幅減少，印象中也只有四次。

以前她偶而會利用開車時，把手機插上耳機，邊開車邊跟我聊。

「車子有裝行車紀錄器，我們說話會被錄音，這樣不好。」她傳。

『那都沒什麼其他空檔時間？』我回。

「你是一個人，很自由，但我不是。所以你不知道我的狀況。」

我確實不知道她的狀況，這我沒話講，也不該反駁。

我只知道，從此我的世界漸漸失去雨弓的聲音。

我有一種錯覺。

我和雨弓原本站在岸邊，決定要一起穿越泥潭走向彼岸。

還沒走到一半，泥潭卻越來越深，也更加舉步維艱。

轉頭一看，雨弓卻正往後走，似乎想回到出發時的岸邊。

距離相愛的起點進入第五年時，這種錯覺越來越強烈。

我陷進泥潭，越陷越深，越來越難舉步向前；

但回頭看時，雨弓已站在出發時的岸邊。

從第五年開始到相愛的終點是一年八個月，

這段期間我和雨弓只在頂樓陽台碰面兩次。

第二次碰面時，最長時間不見的紀錄推進到 150 天。

當紀錄推進到 150 天之後，雨弓就不再約我到頂樓陽台了。

『妳是不是不想再見面了？』我傳。

「奇怪。」她回，「你怎麼會這樣想？」

『我像是被關在監獄裡的囚犯，剛開始時妳每天來探監。接下來變成
　　每星期，再來是每個月，最後是每半年。於是我問妳：以後是不是
　　不會來探監了？這樣問會很奇怪嗎？我如果不問才奇怪吧。』

我終於忍不住，提出反駁。

「如果不能確定百分之百安全，我就不會和你見面。」她傳。

『見面是目的？還是百分之百安全是目的？』我回。

「有差別嗎？」

『差別很大。假設我是小偷，偷東西是我的目的，而我當然會很小心
　　不要被抓到。如果我是以百分之百安全不被抓到為目的，那我幹嘛
　　偷東西？只有不當小偷、不去偷東西，才是唯一保證百分之百安全

不被抓到。』

「不管你怎麼說，沒有百分之百安全，就不要見面。」她傳。

『妳這樣說，最後只會導向一個結論：不見面。』我回，『如果什麼
　都不管，只要百分之百安全就好，那唯一解就是不見面。因為只有
　不見面，才能確保百分之百安全。』

「求你不要逼我。好嗎？」

我嘆口氣，我知道這個話題已經結束，而結論也很清楚了。

我被雨弓用的「逼」字傷到，感覺好像我只想見面卻不管她死活。

更傷的是，在她承受恐懼與罪惡感時，我不僅不能幫她緩解，

甚至額外給她壓力。

我發覺雨弓的恐懼與罪惡感幾乎已到極限。

眼看她因為我的存在而被逼到極限，我的罪惡感也好像快到極限。

從此我便決定，以後不管她說什麼、要怎麼做，我都不再反駁，

只會說：好、可以、OK。

雨弓 Line 我的頻率也終於變少了，但並沒有固定的頻率。

有時一兩天，有時三四天，有時一個禮拜，沒有規律。

最大的改變，是她會在交談過程中「收回」訊息。

過去每當我們 Line 完後，她會立刻刪除聊天紀錄，這我知道；

但現在卻是在 Line 交談中，隨時收回訊息。

我常常在交談過程中看見手機螢幕出現：「雨弓已收回訊息」。

現在是怎樣？

把我當電影《不可能的任務》裡的湯姆克魯斯嗎？

只要訊息一讀完，幾秒內就要自動銷毀嗎？

至於 Line 的來電通話，這一年八個月內只有兩次。

這次數跟在頂樓陽台碰面的次數一樣。

但我獨自到頂樓陽台的次數卻暴增，應該超過 100 次。

除了總是坐在雨弓所坐的位置上想念她外，

我也會看著地板上我們兩人的手掌圖案，和那段文字：

「不管烏雲有多厚，陽光總能突破困境，灑在海面上。」

經過幾年的風吹日曬雨淋，白色線條漸漸和深灰色地板融為一體。

很多筆畫不再清晰，手掌圖案也模糊了。

尤其是兩根拇指線條原本接觸的地方，看起來像是分開了。

「以後只要覺得懷疑、沮喪、不安、氣餒、難過、痛苦、撐不下去，
　我們就來這裡看看這段話。好嗎？」

只有雨弓當時所說的話，迴盪在腦海裡。

『一般人談戀愛，可能被種種因素破壞，比如第三者介入。但我和妳

之間的愛情不會有第三者破壞，因為我就是第三者。所以我們之間
比別人幸運，就是不用擔心會有第三者介入的問題。』我說。
而雨弓聽到後，應該會對我說：
「你總是能把沉重的事情說得很有趣，所以我很喜歡跟你聊天。」

於是我養成在頂樓陽台自言自語的習慣。
在旁人的眼裡，我正在自言自語；
但其實我只是跟腦海中的雨弓在對話而已。
因為找不到雨弓可以說話，所以我只能跟腦海中的雨弓說話。

現實生活中找不到雨弓可以說話，在 Line 的世界中也差不多如此。
雨弓在 Line 裡聊工作、聊女兒、聊龔羽婷的日常，
但幾乎完全不聊雨弓。
我也只能跟著她的話題，因為她依然是逗哏，而我只是捧哏。
當她不聊雨弓，我就不能是 Redsun。

有天我終於受不了「雨弓已收回訊息」不斷出現，
決定把她 Line 的名字改回原來的「羽婷不想雨停」。
沒想到她的名字已不是羽婷不想雨停，而是龔羽婷（芊芊媽）。
看著這名字和名符其實她抱著女兒的頭像，
我突然覺得雨弓好像已消失在 Line 的世界裡。
雨弓如果不見了，Redsun 也失去存在的意義。

我的時間一直往前走，雨弓的時間卻像是倒流。

對我而言，雨弓越來越像當初剛開始合作跨部門計畫時的龔羽婷。

而我和雨弓的關係，好像也漸漸倒退到相愛之前。

那時世上沒有雨弓，而雨弓只叫龔羽婷。

騎腳踏車時，只有雙腳不斷踩踏前進，才能維持平衡。

一旦腳踏車完全停止前進，便會失去平衡而摔落。

我和雨弓的愛情就像騎腳踏車一樣，必須要前進才不會摔落。

即使速度非常慢，但只要抓緊把手，依然可以在搖搖晃晃的情況下，

勉強維持平衡而前進。

然而我和雨弓的愛情幾乎已經停止，我快要失去平衡了。

有天我離開我這棟樓，要走去雨弓那棟樓的途中，經過一個實驗室。

這實驗室裡有一台疲勞試驗機，而且似乎正在做疲勞試驗，

要測試材料的疲勞抵抗能力。

我突然領悟：我和雨弓的愛情禁得起疲勞試驗嗎？

如果一座橋梁設計成可以承受 100 噸重的車子通過，

那麼 50 噸重的車子通過當然沒問題。

可是如果 50 噸重的車子每天 24 小時不斷通過，經過數千萬次呢？

那麼很可能在某一次通過的途中，會讓這座橋梁突然斷裂。

我和雨弓的愛情也許夠堅定，足以抵擋巨大的衝擊或破壞力。

但她每天承受恐懼和罪惡感，每天每天，在經年累月的疲勞作用下，
愛情這座橋會不會在某天突然斷裂？

回想開始破紀錄後的種種，我不禁膽顫心驚。
在雨弓心中，那座名為雨弓 & Redsun 的愛情之橋，或許已經斷裂。
或許雖然還沒斷裂，但總有一天一定會斷裂。
而我現在所感受到的，會不會只是那座愛情之橋的殘骸？

越想越心驚，而且又聯想到其他疑似斷橋後的跡象。
比方雨弓的生理期，當初雖然很尷尬也覺得這是她的隱私，
但這幾年來，我每個月一定事先提醒她下次來潮的可能日子。
我至少提醒 50 次以上，從沒遺漏半次。
雖然我一直很尷尬，但也因為共享她的隱私，讓我有一種錯覺：
她是我的女人而我是她的男人，這種歸屬感與擁有感。

然而她已經四個月沒告訴我來潮的日子，
我也因此沒辦法事先提醒她下次可能的日子。
難道是因為愛情之橋已斷，她不想再告訴我這種只屬於她的隱私？

而這四個月以來，雨弓 Line 我的頻率也大幅變少。
如果 Line 的頻率也有紀錄的話，
這五年多來最長沒 Line 的紀錄是 7 天。

而上次雨弓 Line 我時，已是 20 天前的事了。

當我驚慌而不知所措時，又從同事口中聽到雨弓出遊的事。

上個月雨弓和她先生一起去日本玩，據說是為了慶祝結婚 15 週年。

以往雨弓一家三口出遊時，雖然她知道我應該會難受，

她還是會跟我說，不曾隱瞞。

而我聽到時確實會難受，可是我沒有任何立場表達意見或心情。

但這次她卻完全沒告訴我，而且事情已經過去一個多月了。

也許這次的狀況不同，不是一家三口而是只有夫妻倆。

她怕我會有很大的負面情緒或激烈的反應，所以不說。

或者她覺得這是龔羽婷的生活，跟雨弓無關，所以不說。

她不說的理由可以有千千萬萬，卻找不到她應該跟我說的理由，

一個都找不到。

我彷彿聽到橋梁斷裂時的轟隆巨響。

幾天後有一則國際新聞，巴黎聖母院發生大火，幾乎被燒毀。

想起那段短短 5 秒的影片，雨弓在聖母院裡祈求讓我們在一起。

「蔡揚宏，我愛你。」她低聲說。

腦海裡莫名其妙浮現熊熊烈火吞噬掉誓言和低語的畫面。

而另一段雨弓在艾菲爾鐵塔下高舉右手大喊：「蔡揚宏，我愛你！」

的 15 秒影片，我竟然有看見火光熠熠的錯覺。

恍惚間，我感覺腳踏車已完全停止，然後我重重摔落地面。

勉強爬起身，拖著疼痛的身體和四肢，緩緩走到頂樓陽台。

看著地板上 Redsun 和雨弓兩人殘缺的手掌和那段模糊的文字，

越看越覺得這只是愛情之橋斷裂後的殘骸。

「不管烏雲有多厚，陽光總能突破困境，灑在海面上。」

雨弓已經回到正常生活，成為原來的龔羽婷；

Redsun 的心卻還遺留在澎湖的白色沙灘上。

我應該給她祝福，而最大的祝福，不是任何言語，而是遠離。

我用腳將這些圖案和文字抹去，地板上出現一大塊白色痕跡。

幸好是痕跡是白色，如果是黑色，一定會以為是燃燒過的痕跡。

如果這世上沒有雨弓，那也就不再需要 Redsun。

所以我在那塊白色痕跡旁刻下：「Redsun 終於要離開了。」

從此我不再去頂樓陽台。

一個禮拜後，雨弓 Line 我。

距離上次的 Line 剛好一個月，但我已經不管紀錄了。

她今天大概是抱怨忙忙忙、煩煩煩之類，她其實好一陣子都這樣。

「我好懷念跟你去澎湖那兩天。」她突然傳，「以後我們在一起了，
　　再去澎湖好嗎？」

看到「以後」這兩個字，頓時感慨萬千。

這幾年她常用「以後」這兩個字，我知道她只是想安撫我。

但現在我卡在泥潭中間，而妳卻站在出發的岸邊，

然後妳指著彼岸告訴我，以後我們在彼岸一定會很快樂。

要到美好的未來前，一定要經歷每一個艱難的現在。

雨弓，這道理妳應該明白啊。

『如果有以後，那就再去。』嘆了一口氣後，我回。

雨弓停頓了許久，最後傳了句：「晚安。」

我隱隱覺得，雨弓似乎明白了我沒說出口的話。

雨弓應該陷入長時間的思考，也可能在醞釀某種決定。

停了三個月後，她才又 Line 我，這又是新的紀錄。

但紀錄已經沒意義了，因為這算是一封用 Line 訊息傳遞的分手信。

訊息只有一段，但這段文字卻非常長，手機要滑好幾頁。

整段文字的重點，是說她的狀況不允許她跟我相愛，一旦事情爆發，

我們兩人都會傷得很重，所以我們不應該再繼續，不要一直當罪人。

雖然我們之間的感情很堅定，而我也是這輩子最懂她的人。

但親愛的 Redsun，請讓我們將這段感情深藏心中。

分手不是結束，我們還是好同事、好朋友。

以後遇到工作上的鬱悶和苦水，可以找我傾訴嗎？

大意是這樣，細節我沒辦法更清楚。

因為這段訊息很快變成「龔羽婷（芊芊媽）已收回訊息」。

因為早已決定，不管她說什麼、要怎麼做，我都不再反駁。

所以我只傳：『可以。』

即使她問的是：我們一起到 101 大樓樓頂跳下去好嗎？

我也會傳：『好。』

但我想反駁嗎？想，我很想。

相愛的第一天就知道我們是不被祝福的，也不奢求被祝福。

但我們卻早已決定不管怎樣，將來都要在一起。

既然選擇了遠方，便只顧風雨兼程。

遠方太遠，路上又都是風雨，我們只能日以繼夜，冒著風雨趕路。

但親愛的雨弓，妳現在卻問我為什麼要去遠方？

還有問我為什麼非得要在風雨之中趕路？

然而這些反駁，都只是我和心中的雨弓在對話而已。

在我心裡，雨弓從未消失，她只是被龔羽婷藏起來而已。

而我一直苦苦等著雨弓出現。

雖然雨弓說希望以後還能找我傾訴，但我心裡明白，她不會了。
她只想展現成熟，也希望平和結束而不是決裂。
但成熟只是另一種傷人的體貼。
套用雨弓很喜歡用的「這輩子」這個字眼，她其實是想說：
「我這輩子不會再 Line 你了。」

從雨弓送我〈傳奇〉開始，到最後這封 Line 的分手信，
時間大約是五年八個月。
這段期間內，我和雨弓的罪惡感一直都在，不曾離開。
甚至罪惡感會層層疊加，她因為我的罪惡感而覺得更罪惡，
我也因為她的更罪惡，而更更罪惡。

罪惡感像低溫，當我們的愛情如熊熊烈火時，不覺得冷；
小火時，偶而覺得冷。
從第四年開始，火幾乎沒了，於是無時無刻不被寒冷籠罩。

而我和雨弓苦苦累積的情感，不管有多深，有多少，有多豐富，
全都像是玻璃做的。我們只能一直小心翼翼捧著。
一旦被恐懼和罪惡感侵襲，雙手因驚慌而顫抖，
便很容易不小心摔在地上，全碎了。

我和雨弓之間為什麼會結束？

到底發生了什麼？或者做錯了什麼？

沒發生什麼，也沒做錯什麼，其實我們反而是做對了。

我們跟正常的情侶不一樣，我們得一直做錯事，才能繼續在一起。

一旦我們不再做錯，甚至開始做對的事，就會分開。

我又想起雨弓在頂樓陽台跟我說的那個故事。

我和雨弓都認為自己像撿手帕的男人，但其實我們從未走進獅子籠。

只是在獅子籠外，面對獅子而已。

我和雨弓比較像是丟手帕的女人，都希望對方證明自己的愛。

我希望她能克服所有恐懼和罪惡感，就像走進獅子籠面對獅子那樣，來證明她真的愛我。

而雨弓則期待我能靜靜等她十年，來證明我真的愛她。

但雨弓在獅子發出吼聲時退卻了，不敢走進獅子籠，選擇深藏十年；Redsun 則因為不能確定十年後雨弓還存在，所以不願走進獅子籠。

如果雨弓或 Redsun 其中有一人能像走進獅子籠撿手帕的男人一樣，或許雨弓和 Redsun 就會在一起吧。

或許吧。

ฦฦฦฦฦฦฦ

這個一年一度的聚餐差不多要結束了，但我的演技考驗還沒結束。
餐後還要去 KTV 續攤。

餐後可以續攤，那麼死灰可以復燃嗎？
我想應該不可能。
我和雨弓都在澆水，然後清理火場，試著湮滅曾經燃燒過的痕跡。

從雨弓用 Line 傳了分手信到今晚的尾牙宴，差不多半年。
這半年內也確實如我所料，她從此不再 Line 我。
我們完全斷絕聯絡半年。

所以今晚要來聚餐前，我心情很忐忑，也很緊張，更覺得尷尬。
我甚至想過找個理由搪塞，說今晚臨時有事不能來了。
但我找不到任何藉口。

好不容易結束上半場聚餐，再忍一下，下半場比較輕鬆。

我們 12 個人離開餐廳，因為都喝了點酒，所以要坐計程車。
叫了三輛計程車，我和雨弓照慣例坐不同輛。

進了 KTV 包廂，隨便找個偏僻的角落坐著，拿出手機滑幾下。
現在的新歌我不會唱，即使年輕人所謂的老歌對我而言也是太新。
我會唱的歌，至少都要 20 年前以上吧。
所以滑滑手機，聽聽別人悲慘的歌聲，偶而跟人聊聊天，
應該可以在不需要面對雨弓的情況下，輕鬆度過下半場。

可惜歌曲多數是情歌，情歌中又多數跟情傷有關，
以前認為是無病呻吟，現在卻有些感觸。
幸好雨弓不點歌，當她拿麥克風時通常是陪唱。
但只要她開口唱歌，我都在想這是不是要唱給我聽？
即使應該沒關連，但光聽她唱歌就足以讓我心跳加速了。
原來這種場合並不如我想像中好混，我有點坐立難安。

「羽婷。」小白說，「妳點的歌來了。」
我吃了一驚，偷瞄一下電視畫面，是莫文蔚的〈盛夏的果實〉。
「也許放棄，才能靠近你。不再見你，你才會把我記起……」
雨弓拿起麥克風唱開頭這一段，我心跳瞬間破表。
這是唱給我聽的嗎？

> 你曾說過　會永遠愛我　也許承諾　不過因為沒把握
> 別用沉默　再去掩飾什麼　當結果是那麼赤裸裸
> 以為你會說什麼　才會離開我　你只是轉過頭　不看我

我臉紅了，不是因為快速的心跳，而是覺得很慚愧。
因為我想起在澎湖的無名沙灘，我朝海面大喊：
『龔羽婷，我永遠永遠愛妳……』
她是在諷刺我嗎？

沒錯，我是說過我永遠愛妳，而我一直沒忘。
而所謂我離開妳，是我要離開妳？還是妳已先離開我？
也許是惱羞成怒，我湧上一股怒火，想點首歌還擊。
想了一下後，我立刻起身點歌，還用了插播。

「劉若英的〈為愛痴狂〉。」阿瑛問，「誰點的？」
我拿起麥克風，站起身看著電視螢幕。
「你點的？」阿瑛很驚訝，「這種歌你會唱？」
不行嗎？被遠東航空放鴿子的阿瑛。

> 如果愛情這樣憂傷　為何不讓我分享
> 日夜都問妳也不回答　怎麼妳會變這樣
> 想要問問妳敢不敢　像妳說過那樣的愛我……

「蔡揚宏，我愛你愛到破表……」無名沙灘上的妳這樣說。

在鯨魚洞裡，妳說：「我早已決定，要跟著你，不管你要不要我。」

妳還說：「遇見你之後，我就只有一個選擇。我的選擇就是你。」

經過跨海大橋時，妳更是仰頭朝星空大喊：

「無論如何，不管怎樣，將來都要在一起……」

雨弓，妳曾經為愛痴狂過，怎麼妳會變這樣？妳都忘了嗎？

雖然歌聲不好聽，但我還是完整唱完，我相信雨弓聽得懂。

但她聽懂了又如何？

早已決定不再反駁，連分手信都沒反駁，怎麼會在 KTV 裡破功呢？

我低下頭，覺得很懊惱。

　　就讓雨把我的頭髮淋濕　　就讓風將我的淚吹乾

我抬起頭看著電視螢幕，果然小白正在唱黃鶯鶯的〈只有分離〉。

這是去澎湖時雨弓坐在機車後座迎著超狂東北季風所唱的歌。

思緒彷彿受到強風吹襲，吹到當年頂著狂風前進的機車上。

那時我們彼此緊密貼近，以為這樣便可以克服所有狂風巨浪。

　　愛你依然沒變　　只是無法改變　　彼此的考驗

只有只有分離　讓時間去忘記　那一份纏綿

腦海裡雨弓的歌聲，還在風中飄飄蕩蕩。

我似乎也感覺到她正環抱著我整個腰的雙手，

左手下意識想輕抓住她的雙手，卻只能抓到空氣。

沒想到她當時所唱的歌，竟然預告了我們的結局。

我不再懊惱，只覺得感傷。

「羽婷妳先替阿瑛唱〈廣島之戀〉，她在洗手間。」小白說，「這是
　男女對唱的歌，男生誰要唱？」

瞥見雨弓拿起麥克風，我突然有股衝動，也抓起麥克風。

五年八個月以來，我從沒跟雨弓一起合唱一首歌。

現在可能是唯一的機會。

越過道德的邊境　我們走過愛的禁區

享受幸福的錯覺　誤解了快樂的意義

這首歌當紅時，我正在當兵，那已經是 20 幾年前的事了。

初聞不知曲中意，再聞已是曲中人。

我才唱了幾句，便已深陷我和雨弓的故事之中。

愛恨消失前　用手溫暖我的臉　為我證明我曾真心愛過你
愛過你　愛過你　愛過你　愛過你　愛過你　愛過你……

我和雨弓一人唱一句愛過你，唱到最後我們竟然互相凝望。
雖然只有三秒鐘左右，卻足以勾起我內心深處最澎湃的情感。
因為在我心中最美的，就是雨弓凝視我的目光。

現場響起一陣掌聲，甚至還有歡呼聲。
我大夢初醒，完蛋了，忘了該演戲。
我應該要低調，不可以讓別人對我和雨弓有太多猜想。
剛剛跟雨弓彼此凝視三秒，他們會起疑心嗎？

因為貪著你的愛　網著你的夢
才會疼惜著你的悲傷　跟著你的笑容

雨弓竟然點了蔡幸娟的〈你惦我心內尚深的所在〉這首台語歌。
這一定是她要唱給我聽的歌，就像她當初要我聽〈傳奇〉一樣。
雨弓的歌聲輕輕淡淡，有點哀怨，我完全被吸引住。

已經習慣有你的一切　若失去你嘸知日子按怎過
你惦我心內　尚深的所在　控制著阮的歡喜甲悲哀

你惦我心內　尚深的所在　一生一世關係著阮的未來

當雨弓唱「你惦我心內尚深的所在」這句時，我不自覺轉頭看著她。
而她的視線竟然不是直接對著電視螢幕，而是略偏向右，
正對著我的視線。
我們在她的歌聲中互相凝視。

在我心中最美的，就是雨弓凝視我的目光。
雨弓凝視我時，她的目光像是被凍結，而我的時空也彷彿被凍結。
那瞬間，她的世界只有我，而且是如此深愛著。

導演快喊卡吧，我演不下去了，完全忘了該怎麼演。
但我突然驚覺，我為什麼要演？
以前是因為我和雨弓在一起，所以必須要演，才不會讓人懷疑。
可是我和雨弓已經分開了啊，既然分開了，就沒有演戲的必要了。

可是我潛意識裡還想演，而且我今晚一直在演。
因為只有繼續演，我才會有還跟雨弓在一起的錯覺。
原來在我內心深處，根本不接受已經分開的事實，
始終堅持認為我和雨弓還在一起。
想通了這點，瞬間感到很深沉的悲哀。

我的視線開始模糊，眼角有液體正蠢蠢欲動。

雨弓，不要再唱了，也不要再凝視我了，我完全克制不住。

對不起，那種名叫眼淚的東西終於滑落，我無能為力。

雨弓，妳看到了嗎？妳也在我心裡最深的地方。

親愛的雨弓，自從與妳相愛以來，無論如何痛苦、不管怎樣難過，我從不掉下一滴眼淚。

因為明白自己的罪人角色，所以連悲傷的權利也沒。

可是雨弓，我們現在都已經不是罪人了，那麼我可以哭了嗎？

雨弓，我可以哭嗎？

昏暗的包廂內，我就靜靜讓眼淚在臉頰上流竄。

其他人有沒有發現是他家的事，反正我和雨弓已經分開了，

就不怕別人發現什麼。

我現在不是罪人了，我只想擁有可以流淚的權利。

這首歌唱完後，我和雨弓就不再碰麥克風。

對比其他人在包廂內的歡樂喧譁，我和雨弓好像只是人形雕像。

終於結束 KTV 的續攤，我們 12 個人又要分配計程車。

我不演了，這次終於和雨弓同一輛計程車，因為我和她是順路。

我坐副駕駛座，雨弓和其他兩人坐在後座。

在車上該聊什麼就聊什麼，我也不刻意保持沉默。

但其他兩人陸續下車後，我反而沉默了，雨弓也沉默。

雨弓到家了，她打開車門的瞬間，我轉頭說了聲：『再見。』

這句也算一語雙關，因為我們分手時，根本沒機會當面告別。

車窗傳來叩叩兩聲，我向右轉頭，發現雨弓竟然站在車邊彎著身。

還來不及驚訝，她又用手輕敲車窗兩下，我趕緊搖下車窗。

「星期一下午四點，我們老地方見。」她笑了笑，然後轉身離開。

雨弓的笑容，只離我 20 公分，即使在以前，我們也很少這麼貼近。

過去三年來，每年看見她不到五次，我幾乎忘了她的笑容，

忘了這個也許是讓我愛上她的罪魁禍首。

「先生。接下來到哪？」司機問。

但他問了第三次，我才回過神告訴他地址。

回顧了我和雨弓這一段原以為會淡忘卻依然清晰而深刻的記憶，

感覺像過了一輩子那麼長、那麼久。

我很想學雨弓說出：這是我這輩子最累的時候。

今晚太累了，儘管雨弓下車後所說的話在我心裡掀起很大的波瀾，

也帶來滿滿的問號，我也不去想了。

今晚是禮拜六，再睡兩晚就是星期一，到時就知道了。

星期一下午，依照以前的習慣，我在四點零一分推開頂樓陽台鐵門。

走了幾十公尺，在弓的中點看見雨弓。

她穿著黑色毛衣，坐在老位置上，仰頭朝著太陽。

她的光譜依然是暗色調，卻閃耀著金屬冷光。

感覺像是我初識時的龔羽婷，全身散發出不明氣場，無法近身。

我走到她身邊三尺便無法再靠近，也不知道該站還是該坐。

「坐吧。」她說。

本來想跟以前一樣面朝東方坐下，但隨即想起已經沒必要了。

我也面朝西方坐下，離她一公尺。

我發現她帶了個保溫瓶放在地上，保溫瓶上頭還蓋著兩個紙杯。

「我們多久沒在這裡碰面了？」她問。

『一年又四個多月。』我說。

「正確的紀錄呢？」她說，「我相信你知道。」

『502 天。』

「竟然這麼久了。」她輕輕嘆了一口長長的氣，「真對不起。」

『董事長您千萬別這麼說。』

「北七。」她突然笑了出來。

只要她一笑，那個我所熟悉的雨弓就回來了。

我站起身，往她靠近，在距離她 20 公分處坐下。

這種距離最適合，身體不接觸卻又夠近。

「你還記得我們第一次在這裡時，我說的那個故事嗎？」雨弓問。

『嗯。』我點點頭，『我一直記得。』

「我曾想走進獅子籠面對獅子，但怕萬一被獅子咬了，我就不能跟你
　在一起了。」她說，「年輕時，想證明自己可以冒著生命危險去愛
　一個人。但年紀大了以後，卻不想證明什麼，只想在一起。」

『我們之間也才幾年的時間而已。』

「談一場戀愛，就像經歷一次輪迴。」她說，「所以已經夠久了。」

『但妳看起來像 30 歲，還很年輕。』我說。

「謝謝。」雨弓說，「可是我更年期快到了。」

『什麼？』我很驚訝。

「去年年初我月經一直沒來，醫生說應該是更年期快到了。」

『太早了吧。』

「醫生也說早了好幾年，他問我是不是壓力很大？」

『對不起。』我說。

「北七。」她說，「是我該說對不起，害你不能當月經預測大師。」

『這……』我又因尷尬而臉紅。

「其實比起更年期，我心臟的狀況更糟。」

『妳的心臟怎麼了？』

「我的心臟已經很老很老了。」她笑了，「但我這顆很老很老的心，

只想和 Redsun 在一起。」
內心有些激動，我只能勉強忍住。

雨弓走到地板上那塊白色痕跡旁，我也跟著她走去。
赫然發現「Redsun 終於要離開了」這句話的旁邊，
她也刻下：而雨弓也就不見了。

「用 Line 傳分手信給你的前一天，我獨自來這裡，看到這句：Redsun
　終於要離開了……」雨弓說，「我哭了好久，眼淚拼命掉，那是我
　這輩子最傷心的時刻。」
『對不起。』我說。
「你不要說對不起，是我該說謝謝你。」她說，「你給了我很完整的
　一場戀愛，連眼淚都有了。」
『其實我只是不想讓妳成為罪人而已。』我說。
「我刻那句話時，也是想著不能讓你成為罪人。」

我和雨弓都是罪人，我們也因此失去了祝福對方的權利。
因為最大的祝福，就是遠離，讓對方不再具有罪人的身分。
我突然領悟，雖然我和雨弓比較像往獅子籠裡丟手帕的女人，
但在決定離開的瞬間，我們都像走進獅子籠裡撿手帕的男人。

「澎湖天后宮的媽祖說錯了，我們並沒有在一起。」雨弓說。

『不要亂說。』我說，『媽祖哪有說錯？』

「你問祂的第二個問題，應該是我將來是不是會和龔羽婷在一起？」她說，「結果祂賜你聖筊，表示我們會在一起，但最後並沒有呀。」

『我們是罪人，當然不能在一起，我怎麼可能會問神明這種問題。』

「那你問的第二個問題是什麼？」

『請問媽祖，我將來是不是會一直愛著龔羽婷？』我說。

「真的嗎？」她很驚訝。

『嗯。』我點點頭，『祂賜我聖筊，表示祂認為我會一直愛著妳。』

「那祂也許猜錯了。」

『不要對神明不敬。』我說，『媽祖果然靈驗，因為直到此時此刻，站在妳面前這個長得很不好看的助理，還是一直愛著董事長。』

她凝視著我，眼睛裡閃爍著淚光。

「我知道。」雨弓的臉頰終於滑下兩行淚，「我一直這麼相信著。」

『少逞強。』我笑了笑，『妳明明就很懷疑。』

「北七。」她破涕為笑，「幹嘛點破。」

雨弓收起笑容，凝視著我。

「我、也、一、直、好、喜……」她一字一字說。

她用力念出每個字，但都是氣音，念到後來似乎哽咽了，念不下去。

『我知道。』我眼眶有些濕潤，『這種話說一次就夠了。』

「現在太陽的顏色，跟我們第一次來這裡時一樣……」她指著太陽，「都是 Redsun。」

『嗯。』我說，『如果這時下場雨，雨後也許就可以看到雨弓。』

「不用等下雨。」她雙手在空中畫出一道道弧線，「看見了嗎？」

『我看見了。』我說，『那是美麗的雨弓。』

她笑了起來，陽光灑滿她的臉，笑容更明亮了。

「喝咖啡吧。」雨弓拿起保溫瓶。

『好。』我說。

兩個紙杯，一人一杯，我們又坐了下來準備喝咖啡。

「如果這場戀愛，像是一次輪迴。」雨弓說，「那就把這杯咖啡當作一碗孟婆湯，喝完後我們就會完全忘掉雨弓和 Redsun 這個前世，然後重新投胎轉世，變成原來的蔡揚宏和龔羽婷。好嗎？」

『好。』我說。

我邊喝咖啡，腦海裡也迅速閃過很多雨弓的影像。

天后宮的虔誠、白色沙灘上的十指緊扣、跨海大橋時的仰頭吶喊、寒冷鯨魚洞裡的擁抱、頂樓陽台上曬著太陽、躲進棉被裡傳 Line、雙手在空中揮舞畫出雨弓、「蔡揚宏，我愛你！」的嘹亮、聽〈傳奇〉時的震撼、唱〈你恬我心內尚深的所在〉時的凝視……

「以後就叫我羽婷吧。」喝完咖啡後，她說。

『羽婷。』我拿著喝完咖啡的紙杯伸向她，『再來一碗孟婆湯。』

「再來一碗？」

『只喝一碗孟婆湯，還不足以讓我忘掉雨弓。』

羽婷滿臉淚痕，拿著保溫瓶又往我手中的紙杯倒滿咖啡。

而冬天的夕陽，依舊滿臉通紅，盡情灑在我們兩人身上。

～ The End ～

寫在《貞晴》之後

《貞晴》這本書裡面有兩篇小說——〈貞晴〉和〈雨弓〉。
〈貞晴〉剛好四萬字，兩個月寫完；
〈雨弓〉字數多一點，四萬三千字，但一個月就寫完。

依我個人的偏好，我喜歡寫三、四萬字左右的小說，會很順手。
如果是十萬字以上，我會配速、調整呼吸，準備跑馬拉松。
而三、四萬字的小說，我會一開始就打算衝刺。

但這種字數出書會很麻煩，不能單篇小說出一本書。
所以這是這兩篇小說合成一本書的最大理由。
但〈貞晴〉和〈雨弓〉的寫作手法和結構是類似的，
甚至還有很多方面也很類似。
如果你看了這兩篇，發現任何互相類似的點，請不吝告訴我。
我會好好表達謝意，那就是我要……
我要說聲謝謝你，在我生命中的每一天。

〈貞晴〉的情感描述較理智，而〈雨弓〉的情感描述則較濃烈。

這可能跟作品完成的時間順序有關。

在同一段寫作期間內，剛開始寫的文字比較溫、寫作速度比較慢；

但文字會越寫越熱，速度會越來越快。

〈貞晴〉先寫完，再寫〈雨弓〉，比較兩者所花的時間就知道了。

〈貞晴〉和〈雨弓〉的篇名同樣都是採用故事中女生的名字。

貞晴音同真情但並非真情，或者說只是很像真情。

當太陽在西方時，雨弓會出現在東方，雨弓依賴陽光照射而存在，

但兩者註定分隔東西。

這是篇名的另一種涵義。

兩篇一開頭，分別用心理實驗和古老故事破題。

〈貞晴〉裡的麥格克效應很有趣，你可以搜尋相關影片，會更理解。

然後請你檢視你的生命軌跡，可能有些人、有些事、有些感情，

並非如你記憶中那樣，只是大腦希望你的記憶是這樣。

請你以後對別人多些包容與諒解，對自己則多些自省。

〈雨弓〉裡的那個古老故事，我已經記不起來源。

感覺好像很年輕的時候就聽過，搞不好只是夢過，我分不清了。

那個故事可以各有解讀，而〈雨弓〉這故事就很簡單了。

雖然從禮教、道德、法律的觀點來說，那都是不被允許的，

不過〈雨弓〉依然只是個簡單的故事。

不管是麥格克效應或是那個古老故事，起碼放在我心裡十幾年了。

我一直想用某個適當的故事包裝，寫成小說。

但直到現在年紀有點大了、心態有點穩了，我才完成。

很多東西需要多花點時間或多點生命經歷，才能水到渠成。

這兩篇文字的敘述口吻也類似，如果你是得道高僧，

你可能會看到一個凡人用懺悔或自省的語氣在訴說故事，

而非哀怨或悲戚。

如果你是凡人，或許你會有很多不同的看法，那很正常。

我也是凡人之一，有機會的話我們可以聊一聊。

這兩篇小說我自覺都寫得不錯，甚至可以說寫得非常好而且深刻。

抱歉，我總不能因為謙虛而說謊吧。

無論文字的描述、情節的鋪陳、情感的醞釀等等，我都很用心。

因為你的注視，我始終不懈怠，盡最大努力做到最好。

不管時代的演變如何快速，我對文字的堅持是不變的。

如果你買了這本書並且看到這篇後記，那你一定是個好人。

而好人應該被祝福，也值得被祝福。

請容許我祝福你：

願你所有的奮不顧身，都不會被辜負。

願你的深情，能被溫柔以待。

蔡智恆

2020 年 3 月　於台南

國家圖書館出版品預行編目資料

貞晴 / 蔡智恆作. -- 初版. -- 臺北市：麥田，城邦文化出版：家
庭傳媒城邦分公司發行，2020.04
面；　公分. -- (痞子蔡作品；15)

ISBN 978-986-344-749-8（平裝）

863.57   109002290

痞子蔡作品集　15

貞晴

作　　　者	蔡智恆
責 任 編 輯	林秀梅

版　　　權	吳玲緯			
行　　　銷	巫維珍	蘇莞婷	何維民	黃俊傑
業　　　務	李再星	陳紫晴	陳美燕	馮逸華
副 總 編 輯	林秀梅			
編 輯 總 監	劉麗真			
總 經 理	陳逸瑛			
發 行 人	涂玉雲			

出　　版	麥田出版
	城邦文化事業股份有限公司
	104台北市民生東路二段141號5樓
	電話：(886)2-2500-7696　傳真：(886)2500-1967
發　　行	英屬蓋曼群島商家庭傳媒股份有限公司城邦分公司
	104台北市民生東路二段141號11樓
	書虫客服務專線：(886)2-2500-7718、2500-7719
	24小時傳真服務：(886)2-2500-1990、2500-1991
	服務時間：週一至週五09:30-12:00・13:30-17:00
	郵撥帳號：19863813　戶名：書虫股份有限公司
	讀者服務信箱E-mail：service@readingclub.com.tw
	麥田部落格：http://ryefield.pixnet.net/blog
	麥田出版Facebook：https://www.facebook.com/RyeField.Cite/

香港發行所	城邦（香港）出版集團有限公司
	香港灣仔駱克道193號東超商業中心1樓
	電話：(852) 2508-6231　傳真：(852) 2578-9337

馬新發行所	城邦（馬新）出版集團【Cite(M) Sdn. Bhd.】
	41-3, Jalan Radin Anum, Bandar Baru Sri Petaling,
	57000 Kuala Lumpur, Malaysia.
	電話：(603)9056-3833　傳真：(603)9057-6622
	E-mail：services@cite.my

設　　　計	謝佳穎
排　　　版	宸遠彩藝有限公司
印　　　刷	沐春行銷創意有限公司

初版 一 刷　2020年4月
初版 四 刷　2023年2月
定價／300元
ISBN：978-986-344-749-8

城邦讀書花園
www.cite.com.tw